U0901647

漳州作家丛书

陈燕松／主编

万物奔腾

安琪／著

中国华侨出版社
·北京·

图书在版编目（CIP）数据

漳州作家丛书 / 陈燕松主编 .—北京：中国华侨出版社，2018. 10
ISBN 978-7-5113-7767-8

Ⅰ . ①漳… Ⅱ . ①陈… Ⅲ . ①中国文学－当代文学－作品综合集
Ⅳ . ① I217.1

中国版本图书馆 CIP 数据核字（2018）第 216910 号

漳州作家丛书：万物奔腾

主　　编 / 陈燕松
著　　者 / 安　琪
责任编辑 / 高文喆　姜薇薇
责任校对 / 孙　丽
经　　销 / 新华书店
开　　本 / 670 毫米 ×960 毫米　1/16　印张 /324　字数 /4281 千字
印　　刷 / 三河市华润印刷有限公司
版　　次 / 2018 年 11 月第 1 版　2020 年 2 月第 2 次印刷
书　　号 / ISBN 978-7-5113-7767-8
定　　价 / 980.00 元（全 24 册）

中国华侨出版社　北京市朝阳区西坝河东里 77 号楼底商 5 号　邮编：100028
法律顾问：陈鹰律师事务所
编辑部：（010）64443056　　64443979
发行部：（010）64443051　　传真：（010）64439708
网　址：www.oveaschin.com
E-mail：oveaschin@sina.com

《漳州作家丛书》总序

漳州是中国历史文化名城，历史悠久，文化深厚。在文化的星空，群星璀璨，先后涌现出黄道周、林语堂、许地山、杨骚等文化名人，令我们引以为傲。

四十年改革开放，四十年风雨兼程。漳州土地，生机盎然，文学创作也迎来繁荣发展的春天。应是春风吹拂，应是文脉相承，一支包括了老、中、青三代作家的队伍正在悄然形成。2004 年，漳州市宣传部、漳州市文联编辑出版了第一套《漳州作家丛书》，有十二人，十二本。时隔十多年，在祖国改革开放四十周年的今天，漳州市宣传部、漳州市文联再次编辑出版第二套《漳州作家丛书》，展现活跃在省内外文坛的二十四位当代作家的创作风采。十二到二十四，这不仅是作家作品数量的增加，更是漳州文学创作水平质的飞跃。

《漳州作家丛书》的出版，旨在展现漳州作家的创作成果和创造实力。以期让更多的人，通过这套丛书，了解漳州，关注漳州，热爱漳州。同时，我们也希望，通过这套丛书的出版，能够激发漳州作家深入生活，体验人生，潜心于文学创作，用更好的作品回馈家乡，回馈人民，回馈时代。

《漳州作家丛书》编委会

2018 年 10 月 1 日

目/录

辑一　长诗

辑二 散文诗

辑三 短诗

辑一　长诗

干蚂蚁

谁是这一只春天枝头的干蚂蚁？——题记

1
等待，从没有这样漫长
我几次提心而出
像是要抓住远遁的幻影
那和永恒赛跑的
是一个鬼，抑或是
一头没有知觉的牛

不！那是春天枝头的干蚂蚁
长长的腰身随意闪出
我不把它伏着的姿态叫作死亡
这只干蚂蚁，空中的忧伤
独具魅力
是我一直不敢盼着的人！

翻到的这一页
水白得耀眼，但洗不净我
我知道有一种幻想沾满尘埃
像喧嚣，从不试图把静放弃
我的有口难辩的静
它只存在浩渺之间

2
它必将以寒冷告终
我阐明过一瞬光芒
这是春天枝头的干蚂蚁
在我的手心它灼痛了我
和有着太多欲望的星辰
来回流泪，不经过土地和天空

如果它曾经系住了你
与你一同悬着，删去多余的言辞
如果在某个行为放浪的清晨
你忽然无缘战栗
紧紧抱住一堆长发
如果你为此变得苦难

啊！这是春天枝头的干蚂蚁
它离我很近
像忽然塌下的幸福
我无法承受巨大风中的元素
倾诉并且削薄
开始我漫长一生的微弱部分

3
我也要学着预言
把黑色雨云、红色石头堆积
我让你看到快乐。同时
借你一点灵魂
让这个世界长得更高
让被击中的鸟有坠落的速度

不要在这时吵醒我
我提着心蹲在一个阴暗角落
有一点潮湿那不是我的过错
我只是从昨天回来
你该忘记，我曾为你停留
片刻，只是片刻

你要丢弃解救你的热爱
与持重。向上，路在光上
春天枝头斜倚的钟铙
是一只干蚂蚁如此虔诚
暗中叩响亡灵，传来风声
以至我紧紧拥抱一枚落下的月芒

4
唯有返回使我如此激动
像窗外的雪兀自燃烧
把大气和你一饮而尽
这是活在瞬间的女人
我要按下机关让她重活一次
我有足够的信心

但我要保证那只干蚂蚁的干
不会融化
保证你有足够的容颜
在我的体内没有象征
甚至没有思想铺路
我只守着，与你叫作纯粹的东西

最初是一次痛楚成就了我
反对拜访，谢绝敲动那扇门
在粗暴的死亡干预下
快速写完一首春天的诗
春天枝头的干蚂蚁
我与你拍掌为盟
三分钟后就要远去

5
有节奏的对称，想到欣悦
欣悦就已刮过
因为一只害病的纸鸢
遍天遍地传透迷茫的呼喊
谁见过春天枝头这一只干蚂蚁
谁的葬礼正提前举行

我躺下，内心坚持
一把黄昏的水敲打麦地
由此失去四季风花雪月
你得到什么？
悄悄散开，我喜爱抒情
为美丽的羽毛伤痛

一些老旧的故事心怀叵测
谁见过我的葬礼被我预先设计
摘下火红的桂冠
把春天枝头的干蚂蚁
热烈狂疯的干蚂蚁
一点一点的，移到我的墓中

6

然后我就大笑，使笑划破玻璃
发出的吱吱声
使空气分开。渗出一点白云的白
使白降临，照亮四野
我独独在这波浪起伏的草原里
扯一页诗歌盖上

在天在地，生存和毁灭同一进程
像我创造了干蚂蚁
又同时被它钉在春天的枝上
没有旋转的余地
与相反的力量抗衡
衰弱不堪，高过枯朽的月亮

无数个念头继续奔跑
它超出你的手臂
全部全部的你，加上一枚邮票
加上上帝的亲笔落款
也无法超出它的边界
它是春天枝头的这一只干蚂蚁

7

进入状态，在持续的闪现里
请一定要信守诺言
我怎能模仿落叶飘零
又怎能使黑夜撤退
但你一定要信守。我千里迢迢
内心装满语词

所有盛宴恰到好处
连春天枝头那只干蚂蚁
也在邀请之列
随同着麻药、蜡烛和我
如果有呆笨的企鹅
如果，这热烈的气氛能够淡忘

往昔。我会为你描述
用上一副悬棺、七柄钢叉
十二架风琴
我预谋了一天空芬芳
我一向渴想光明
富于诱惑

8
一场雨下在身后
只在春天腹中它才如此优秀
像干蚂蚁，只在春天枝头
活出自己。我放下一盘唱碟
空间跑动一群音符
顺手让我泣不成声

要轻轻，轻轻
穿过光芒的精神如此有力
拉高众人的仰望
又削去众人的目光
你和我都不能违背这宿命
这折叠着的急促轻重

饥饿和爱情的衣裳

我们同时触到。像聚集
一次对真实与虚无的感知
我坐到对面
里面是一群搏斗的精神
如此有力，我不敢正视

9
第三十七页风，风推动风
聪明得不要空气
它向我高高举起一道彩虹
和你爱过的一样
它还有另外一个姓氏
另外一种形容

是的，风吹过春天枝头
映出一只干蚂蚁无动于衷的嘴脸
它不为谁活着
仿佛纯粹是一个存在
甚至祝福也是亵渎
你可以看我死亡

你可以对天上的玫瑰诉说
但你无法牵住我
我曾追随过什么？光
花朵，或者你
我曾经用一万个词写出幸福
直到我变成一只干蚂蚁

1994-10-30，漳州

未完成

永远的西西弗，他的永远就在未完成中。——题记

1
如今我开口，我用语言消解你的意识、行动
你所认为的本质和非本质
我内心的跳动仅仅因为向往
对未完成的西西弗的向往
神啊，让那块石头永远滚动
让迷途的人燃烧肉体，接受咒语！

是盲目的光的女儿。生命从四面八方咏叹
她坐在旋涡中心，她是平静的
她看到生命是一只蜻蜓对光线的追随
她以此相询：究竟在你认定的光线中
什么才是真正的今天？

你把自己浸入绿色风魔中
又一次你在果实碎裂的躯体摇晃
你，游戏的水，我的最后一个爱人
如今我开口，你的寂寞便会加深
你银针一样坚守的纯净与缥缈
你的影子由此蔑视你，和一切自诩的高贵

我突然想像天一下子空了
我遇到一个人，他说：“我太满了，太满了
你知道吗？我装不进向上、奔驰，
和你所谓的世俗！”

我突然想，世俗是什么
是我们拒绝又纠缠我们的？

2
我接受你的颠倒，事实上
你比我还矛盾。你唯一的喉咙找不到
发声的方式。你颤抖着
而我已被叫走
我用来对抗你的就是我的消失
像疯狂的夏日荷花，然后才是败笔

你最终的审判没能到达我的头上
我不戴冠冕，对伊甸园我是缺席
我用一些古怪的表情毁灭自己
使我成为你的伤口，绚烂又易腐
不！仅仅只是一个念头
你就会倒地。如果有童话，有天使的面包
如果，你尚有一息愤怒

那盲目的光的女儿，她引领着人类
她的盲目对她是不存在的
她天真而有点恶作剧，在一瞬间
她会变幻一千个思想
她指向你，你有过的幸福不是幸福
你有过的苦难不是苦难

啊，不要让我为了这虚幻的解救
放弃我曾有过的前夜、诗歌和罪恶
在我的生命之树我开始流亡
预言的可怕，勾勒出存在与毁灭
我感到巨大的飘带给我的愉悦
和超脱！我要这死亡的陷阱
这荒谬的坍塌的幸福！

3
我写作，我只是在构造不在场的在场
我睁大眼睛睡眠，从四个方向做梦
没有任何附加成分，我拒绝与你同在
你是西西弗的那块神石
我推动你，或被你推动。当我放手
你的轨迹超出我的想象

我们就这样彼此坚持
像一首熟悉的乐曲的两面，我们有过的
倾心与暗色！激情能维持多久
一切都在未完成中。一切
你的简单，你线性的重复，你任性的点
一切都有一种暴力的意味！

我不能对你透露太多。诗歌是忧郁的
再加上一点光它就将变成尘
它的周围充斥香料，寂寞和无谓
它被你引向天堂。天堂的百合窗
天堂的白色屋宇一只鸽子茫然失措
它是文明的最后一叶碎片！

我有过多少恐惧只说给自己听
谁在用铃声加速我的等待？边缘与我，
世界与光又有什么关系？
我将自己纳入一部固定的机器
你看到我精美地走来，但那不是我
我将自己变形、扭曲，你看到我
但那不是我！我从来没有固定的形状！

4
自由破灭，自由死在自己的追逐中
我们向时间打的传呼没有得到回音
也许有过，也许精神的旗帜再次招扬
我们已老得太快！我们与未来赛跑
那不是真实的我们
在现代的长鞭下我们是被动的！

爱，完整和散开的空间
任何一种解释都有裂缝。你秉有的天赋
你的深度只能使你陷得更深
你关门。你仍未逃脱内在的阴影
谁有此闲暇听我狂呼，把脊背呈现给我
与高原步调一致，色泽相仿

来自一闪。惊喜被分割
那光的女儿，举止优雅
是她扩充了光，抑或是光改变了她
她不祈求和解。甚至不看我们光洁的脚踝
曾有多少次我们失去气息
我失去搀扶的力量，你失去救赎

曾有多少次我们看着自由幻灭
一次赞誉毁坏一生。与我的不眠相应
你享有长夜最后一场抒情
你是夜晚的全部，是荒凉
你击中夜晚，用小小的刀片
用我，用摇滚歌手的第二次青春
你必将被收进冲动中！

5
永远的西西弗，他的永远就在未完成中
我们永远期待，永远无法企及
我们已经无法融为一体。一次镜中的上演
一个彻底的谎言。一种孤独
一场雾，雾的黄色的脸
我们变本加厉的心痛与怀想

我们的死亡又能放置几把座椅
偶尔有人走过，留下锯末
我们的死亡又能加厚什么？我们的画
我们把自己逼近液态
接受诱惑也接受伤害
我们的画，我们包含其中的自戕

那盲目的光的女儿，她看到永远的西西弗
她看到一个人是如何与自然相恋，与自己相恋
仿佛永无中止，他推
他的一生就在绝望中快乐
他是过程，过程的流动

他是你，是我，是每一个象征
如今我写下这首诗。我形容憔悴
内心枯竭！我必须抛弃记忆的概念
让文字永远滚动
我必须抛弃我们，让万物自己播撒
永远未完成！

1995-01-18，漳州

节律

——写给上帝的星期天

1
允许我见一见风中的水，对面的水

在停顿的日子里
我们被阴影扩充得花容失色
万物失去它的迟缓，坚硬转动
犹如一本摊开的书
白色蔓延，有几次我听到空空的掌声
我们不能充当悲哀的方框
玫瑰在方框。玫瑰是太古老的承诺
转眼就要流成灰烬

而我们在锁链中的欲望必将挣脱

你改变了一只豹子的颜色
你看到光舞蹈
光自由地提升了你
你说你的句号在时间之外

“这逝去的第一乐手是谁?
阳气下降，这击沉正午的白屋宇！”

熟悉的春天就这样砸下来
稀稀疏疏的注视，我提前进入
总得有一些意外让我们复活
高烧的梦幻者，允许我化为行动
在圆形夜晚洗身，心怀怜悯
反射一面镜子的香气
究竟在两声对话的寂寞里我的苦痛
我潮湿的草叶是否已迎向你?

2
轻和重，和输给死亡的爱情
我们决定了今夜荒凉
今夜像一个大写
使梦幻感到古老的仇恨
我们闯进，怀着难于解释的恶意
和世界边缘的隐形

“在两条姿势错杂的蛇之间，放入糖
一小粒沙，一声喂，一次即逝的欢乐。”

是的，还有你。你是最后一盘
你对我呈现的灰色无法食用

你有自己的泡沫，自己的重量
你尽力维持的平静没能使你自信
你靠近我。仿佛我是一个虚无

我们不能漠视心中走动的小银
波浪在手中握成。我们从何而来
预言枯竭，婴儿提前死去
这是爱给我们的唯一赠品
我们的星期天！
如今我独享三杈树上的纸蝶
叫不出内心的名字
我们有过的黑色风暴
是否还是我们繁殖的风暴？

3
再次接受红玻璃的垂询
我们互看，像一对傲慢的火狐
那喧嚣不是来自阳光堆积的深渊
就是无名肿痛的第二次证实

在向阳高地我们种下蚂蚁
一只蚂蚁的爬动将带来五种绝望
清晨我们写诗，黄昏我们做爱
夜晚，铃声中止，万物不息唯留人类
我们的孤独是孤独的全部
我们醒了，醒在青草巨大的呼吸里

那时你并不知道你放走的那个日子已经返回
思想被迫中断，有几种方式让你长大
你取下橘子，你害怕墙上橘子的亮泽

你自己就在墙上。背后是风
你会看到冬天加速搬走暖意和神圣
你看到我！这一个造诗养雾的人
这天真的理想构图者！

总得有一些火焰让我们永生

谁为我们的服饰缀满星星，谁让盐
遍撒灵魂的每一个角落
一切都在不可知的微笑中。某只鸟
非常优美地断裂，某个人形单影只
我们所唤起的现实与虚无
我们习惯沉浸其中的谨慎与压迫
我们为什么炫耀，为什么毁灭
又为什么爱着！

4
花瓣在倾听，我们最好远远逃掉
那破碎的羊群最好把惊慌一起带走
光，和有罪的感觉。音乐突然变成石子
我们的果实歌唱的身体
音乐突然坠落，它遗下的秘密葬仪
平放在冬日的 1995 年 1 月 16 日

我们等待，手放在心上，眼睛闭上
我们翻身一个时代只剩下一口井

嘶吼的孔穴，和漫漫寂寞的延续
你提到天鹅在黄昏闪现。你干涸的唇
你被呼应的按键拨出的 2064040

你通向我的墓地展起的风衣
没有谁，雷霆像一片暗红的远景
你在哪里，哪里就有放大的欲望
放大的群岩诗篇

“歌者追赶往昔，爱着的人为此得病
请许诺我一座星宿
一次不能成行的旅程。”
我们重新沉落的杯盏执在锋刃上
时间消融成水
我们被游戏煽起的水，幸存的水
自阴郁中心深入。我们埋下习性的钟铙
我们疯狂的预言养育出精神和衰老
我们为谁死去！

5
分出另一半废墟，承认这坍塌的幸福
仅留一只蓝色的手指向灯芯
仅仅如此！我们引渡寒鸦过江
又同时被它引渡
时空弯曲，有一种忧伤在里面

我们已不得不说出，说出是有痕迹的

你的长廊堆砌着什么：邮票收集思念
胡子穿越玫瑰
空气空而且满。你的长廊不善掩饰
你认定的那声虫鸣已经荒凉

连同枝丫间的拥吻。风景依旧

我们偶尔培植一些低音
一些丰富的表情移动着，苍白使我们不安
我在你的魂中散步，你最精彩的开启
你搭着夏日和我一起麻木

我们已不得不期待，像钥匙一样
谁得以和我们一同度过这简单的
锈迹斑斑的老日子
而一个词的说出又将带出几个天才
你不是结果
在我们的一生只能做好一件事！

1995-01-11，漳州

相约

1
黑色对应于春天的神秘
我走进母鹿群中
变幻一千种姿势
灵泉喷涌。承接裸露阳光
和手臂挥出的距离
你！三步之内的迸裂
拓荒的疆域为我呈出原始
我面朝何方，心无障碍

我决定闭紧一切书籍
存着潮湿，黑暗闪动的词
磨砺十座黄金废墟
我学会改进瞬间欲念
把你托出，留下一句哀伤语言
重新开始吧
但不要那只死神的母鹿回到
晚餐桌前

或许还会有一丝残余守望
这一个幻象露珠正在破碎
原谅我偷偷更换沉默
快速地与春天交着眼神
春天的神秘隐瞒了你
在内部你不断毁弃自己
使一种铃声突如其来
斜依空气，忘记归途

2
搬下风中那架银梯
跃跃一试，穿过七个洞窟
我梦到音乐深处藏着名词
动词、形容词和圆
大地重新焕发生机
谁与我共同患上冬天的热病
在一片白色中不住打战
与阴影不再分离

那么多果实被风吹去
空中弥漫女人的馨香

像你用嘴呼出黎明
顷刻之间我又进入虚无
啊，漫长一生我会变得高尚
我知道高处有人，有美，有善
只在相约过后我才知道
有一种永远叫作快乐

放下。我久经你的睡眠
世界还原，波浪不息
我遇到一对爱着的鸟
嫁接风中，它们是一对不祥鸟
为着写作，同时还有别的什么
我不能分出太多同情和苦痛
此生你也没能觉察
风过后那对鸟已成灰烬

3
孤独传给身后，与何人下注
我听到饱和的琴声溢出
一个少女走在凹凸不平的秋天
她的长发白了又黑，黑了又白
是月亮的杰作，抑或是
我动得太多
我看见自己走在凹凸不平的秋天
有着轻轻的忧伤，发育不全的骨骼

即使你用寂寞唱处挽歌
我必将不问这空中的哀音
我放弃对你的追逐
今夜，我感到季节抽痛长路

你持久地把一枚落叶珍藏
我预见过镜中玫瑰
花开之后我必将看到你高举双刺
同时遁入天国的背景

多么奇怪的傲慢
我的一生不是坚持的一生？
我的一生不是征服，不是摘取
不是幻想？
我把自己逼入永恒
却不知永恒终要抵达何方
翻飞的蝙蝠，巨大的飘
让上帝的星期天容下我们

4
还有夏天，我感到茫然
无辜的话题在短暂碰撞后消逝
我只能偶然地辨出
几乎是你肯定了世界
醒着一种逃避，除去细小尘埃
忘记镰刀收割的诗歌
在光明与墙壁之间插入
一盘清新的火焰

谁让你突然走入空白
当我的呐喊不再发出声音
我已被千万次地询问
谁使我突然走入空白
些许停顿造出一天繁星
天空退出天空，在本质上

除了纯粹，还是纯粹
除了我，我无法把什么拥入怀中

与谁相约？日期不断更改
高大的马鞍离开了马
我存着一种虚幻表情浏览你
你是距离，绝不是爱或者死
你是过去的未来
有如我走在尘中，生已渺茫
啊，这盲目的行走，行走的我
究竟要带出什么样的风暴与雷霆

5
死亡的高音渐起
有些缓慢，一群人随着走动
天，使我张开翅膀
使击鼓下沉，静已停住
在这时，你轻揉草叶
你也看到了这撞击黑暗的痛
从另一节起，很快提升空旷
伟大的瞬间，我热泪盈眶

来吧，让唯一的生命白白流走
让热血闪耀，再归于寂灭
站在高处指向松针，远方
彗星放宽了四季的手臂
如平展着的 1994 年 11 月 2 日
集结，抖动，翻越神话
我承允自己要抵御死亡的偷袭
与梦订下一个协约

而你，穿透苹果园的透明
你已不能和这万物之纯进行
合唱。这是生命中最明亮的部分
我垂下雪花，仅以自己的身躯
我以此回报上天的恩典
愿我有过的幸福都是幸福
愿我命名的诗歌都是诗歌
愿荣耀永存，真理永存

6
为什么要那么早把时间结束
如果我已经上升
为什么你不能放慢自己的行程
与一声咏叹静坐
看蚂蚁在春天举行葬礼
把枯萎的花环排满四周
排满空中每一角落
失去艳阳，不分界限

那看不见的局部，始终亮着
你到过那里，有一株古老槐树
在那里你是零落凡尘的异乡人
像我曾有的感觉
我甚至幻想一只母鹿与我为伴
含着最初的孤独
我把它赠予你，栖落你心
让你与恒久结下同盟

现在我可以提前离去

四季略微变调，但无关大局
你等待，昏暗中会有人提灯而来
你将看到时间先于我们呈现辉煌
发亮的衣衫，岩上的种子
我要搬出黑色陶罐
与春天，雨云，燕翅，文字一起
构成一份丰美的嫁妆

7
蒙受祝福和礼赞
那些望天的人没能想到
第七日的神就在他们心中
我看到彩色大地骑上骏马
在丰收中遗下帐篷、创伤
和两副肮脏毛巾
光芒时隐时现
唯一的少女在诗歌中诞生

我为你祈祷：保持你的仪容
圣洁得不要空气
爱诗的人必将接受祝福
第七日的神引领我们
从尘世的东、西、南、北
一直到天庭中心
倾诉和聆听。触摸
一只蜻蜓翕动的羽翼

这是敲响梦境的琴音
所有爱诗的人相约为神
他们必将得到祝福和礼赞

我要越过足下的尘埃杂物
你也要把天空发光的部分
紧紧追随。花园在晨曦中露面
它盛大的宁静与芬芳
响彻诗歌的四面八方。

1994-11-02，漳州

任性

“我们时代的行程：1999-5-23—30”——题记

“嘿，你的灵魂归队了吗？”安的皮肤渐渐沉潜
皮肤与皮肤之间有强大的气流

在赵家城，某块凹凸不明的石刻上，沈握住大禹的手指
安说，她摸到了大禹的肠子
泥土造人，一帘花影云拖地，传统从一扇扇门楣而来
楼房呈现官帽状
青灰，混杂闽南风骨，反射斑斑点点黑黝黝的水，在琉璃牌匾上
西湖公园镌有柯的名字
生活是收敛的，出外就不一样，自由摘下面具
笑声、喧哗声，构成中旅巴士的局部
“旅游就是艳遇！”蔡信奉某外国诗人的至理名言
一位 82 岁的男子，可以旋转 180 度的三步舞
可以为了姿色平平的姑娘写下“茶如女”

我们的蔡把日子过得像拥抱

雨，雨，雨在东山
雨在东山澳角，这地方我曾去过，头发乱了，海要醒了
澳角海湾停泊休渔期的散漫船只
和一筐筐腥味扑鼻的风和空气。
除了雨伞的重量，还有成双结队的肉体碰撞，腰以下
裙子绑着裙子，裤腿连着裤腿
东山的雨无疑轻于梁山
那时柯在车上喊:“看，多好。”此时白雾蒸腾于梁山间
沈摇头晃脑“白云深处有人家”
“停车坐（作）爱吧。”安迅速接上去，同时的尖叫
轰然而出
为唐诗保留一点崭新空间?
“可惜师傅没有停车。”——谢。
“但已经进入隧道。”——柯。
完美无缺的解读，多年以后当我在中国的某个角落，我相信
我听到的这个故事不是真的

诏安古城淹没在赵家城的阴影里，厚厚的城墙是一种邀约
它还记得百年前的那场瓮中捉鳖?
羊，一黑一白，睁大惊恐的眼，瘦瘦的羊，身段缺少设计
“我看到了鬼！”童年的记忆教会安把羊和鬼联系起来
想起午餐蔡指着某盘汤说这是羊
安仿佛已把鬼吃进肚子
“心怀鬼胎。”——方。
“我还想把鬼生下。”——安。
“生个小鬼。”——方。
或许在另一种伶俐里艺术的方永不衰老
衣服别在裤里，21 岁就完成生儿育女大事，朴实而不木讷

善于把商业和艺术融为一体
智慧建成四层别墅，优雅，充实，不止芒果，不止小狗
“……东西都是家。”不是和尚的和尚，赵朴初如此题道。
星期一跳舞，星期二唱歌，星期三乒乓，星期四台球，其余的就给书法，提倡裱褙
反对彩旗飘飘的生活
偶尔也会“硬要带”，因为发展才是道理……

于是我们坐在一起，通往三坪的路有音乐作陪
阳光像沈的络腮胡子
密密地长过窗台，1971 年，这个世界需要沈的诞生，闻或者雁，沉鱼落雁，惊世之人
这是伟大的沈的抱负（包袱？）
一米八的块头急需五吨奶的供给，他（她）发誓断奶，从经济学或生理学精神学角度
睡眠成批地降临
天使收敛翅膀，安详，斜靠梦的跑道，被梦斜靠
直到他半夜的痫疾带动一个人罕见的沉默
并且在某张单薄的扉页里颓然倾下
音乐唱着不见不散，不——见——不——散——
“纲常万古，节义千秋，天地知我，家人无忧。”
详情请见漳浦黄道周纪念馆
沈和柯的崇敬地。
“可以学他的精神但不必学他的生活方式。”——沈。
“想想看，在南京，他面对绝代佳人坚持不睡。”——柯。
因为睡眠容易被诱惑，或无中生有？
“你的眼睛和思想犯了几次罪？”——安。
“现代人，你要受惩罚的。”——安。
“但不看不想更受惩罚。”——这是我为沈虚拟的一句话。

直到风的十七根手指在挤挤的厅堂中
这个夜晚乱了，全平和都动起来，纸张、颜料，墨和笔
和用作激情的词
手臂变成机械，动作大幅度贬值，庄（女）和安心疼沈，苍白的脸
刚刚被药清理
左绺的头发不听话地悬空
我闻到他汗水的痛，肯定有虚脱的情绪在明显扩散
“就是要也不行了！”——沈。
“更不用说还要。”——庄（男）。
一屁股落实到椅子上，腿呈人字状，只有呼出的气，人潮
精神抖擞，不远万里
他们有效地把书画当作风和雅附庸。
句子是现成的，但还得挑：足下生云？淡者履深？心随天籁？
若你是个姑娘你就要个“人财两得”
是主任就来个“渐入佳境”
柯说，不成，不成，题词问题体现了一个人的品质
当它落在纸上，就有神依附其中。“老人、名人的赞誉有其
不可思议的力量。”
蔡和许的书法因此深受欢迎。

对安，蔡题“出诗”。许题“造化”。
微观上它们都是对神秘的指认，安是一个巫女，时常把长发用作
致命的利箭
某个晚上她把长发盘起，这就是温软的起因
不穿高跟鞋和长裙，但同样会尖叫，对于一个女人，尖叫就是
被强奸。“请尊重我们的身份。”莆田的黄如是说。
他的左腿叠着右腿
两手交叉抱于膝上
他用鼻子说话，使我的耳朵饱尝了玻璃拐弯的痛楚
“诗歌首先要考虑读者。”——黄。

“每个人都是读者，所以你的话就是废话！”——安。
只要不公正的批判还在对诗歌（尤其是现代诗，尤其是
中国现代诗！）发出
安就有理由为此争夺生存空间
早餐不欢而散
重要的是诗人内部的怀疑！
要命的是诗人内部的怀疑！
蔡，谢，行行好，不要让安流泪，不要让中国现代诗流泪
它们才刚刚起步，尚未跨入门槛

“有兄妹之缘而无 XX 之分。”在舞池上，谢与安看起来
像高倍望远镜。
语言可以做多重解释。
1995 年的纯真保留在谢代为填写的汇款单上
那些感觉自杀了！
“一个人多几次采风就会变得刀枪不入。”——廖。
“因为好色满园春。”——谢。
还因为一种诗达到饱和就像杜甫接受县太爷招待撑破肚子。
地球在屋顶上
木头房子让恋爱不在行
小眼睛谢怂恿长条糯米饭与香蕉较量，女神，女神
你的柚子多么诱人
你的苹果直上青天。你的苹果压着我的苹果。
“任何美都是恐怖的。”——沈。
因为美具有侵犯性，还因为，美能“一镇乾坤”！
从赵家城得到的一句足够沈回味一生。
另一方面，安也在沈奋笔疾书的“我们时代的行程”中
几乎把持不住

邱，邱，企图从时间中骗出更多的时间

他装作生于 1978 年，一个小官腔患者，小处男，善于总结
而不自知。
他在依次发言的第七位，他在第七位的发言显示他有美好的未来
（发霉的未来）
漂亮的邱营养充分，像一滴透澈的水珠，仿佛真的只有 21 岁
那丢失的 17 岁在镁光闪耀中还是没回来
琵琶妹妹，叶子像沙一样，船又像鱼的骨头，风是红色素
这种花你看过吗？
“金漳浦，银同安，铁绍武，纸扎的福州”，民歌也会退化
时间一转它们就死了
再造一首民歌，它们在口头流传，带来蠢动的欲望
来，小汽车，破轮胎，上上下下的享受
带来洁身自好的自守，他说他可以出污泥而不染
“人即是泥土化的。”——女娲。
“艺术不是人，不能信手挥洒。”——谢。
“但艺术的最高境界就是玩。”——安。
“怎么是玩？！”——庄（女）。
在车上，争吵的乐趣来自对《借口》的朗读——
“我们把床搬到野外，我执意于自己的放松……”
我想我可以对自己的诗做一番解释
但风太大，路太颠簸，黄不以为然，他说太白了，若黄不是客人
我真想把愤怒狠狠摔向他的脸
在西坑，我敢说我看到了他的死灰
一个作家却没有一副好心肠
一个作家却没有一副浪漫情怀

因而在三坪寺前，我厌恶地把相机收起。
庄第一次看到安的个性，庄有多种态度，她说她太注意场合
包括衣着，谈吐，她说她喜欢安，如此自我
诗意盎然

她不懂现代派，但折服于安的纯粹。一个美丽开朗的姑娘 30 岁了
却还没把自己打发出去
我想是在舞台上我不屑于她的身份（演员）
直到采风的第三天、第四天，直到她喊着“安，这是你的现代派”！
那是靠近一个女人的本性流露
放光，机智，活泼，在有背景的牛仔红服上，一幅丽日晴天
美丽的偶然，不死的偶然
在低级的群体里一个人有志于改变他人的观念
一个人像肩负某种使命有志于改变群体的形象
庄笑了，如果她哭会更好，若我有泪水我愿奉献于她
若我有泪水只有相爱的人看得见！
死亡距你还有一首诗的距离，邱说，知不足常乐
“不足”不足以完成一首诗
那死亡距我还有一首诗的距离

没有人，除了廖能在天地盘上打坐，膝盖盘得绝对专业
可是他不集中
阳光到顶，到处都是眼睛，眼睛与眼睛会打架
一只只黑蚊子叮在正午的光线里
气由丹田，再往上，直到脖子，脖子像吊在空中，发热
“一个人选择死只为成就一世英名”——黄道周。
因为《易经》之博大，像天地之沼泽
关键时刻可以坐化，或升天，我感到廖的镇定，超然物外
我一天天理解他的“气”
有过婚史的廖也有过诗歌史，他从他的诗歌出发抵达小说
但终归善始善终
诗歌藏在衣柜里，总有一天会派上用场，譬如鞋子，譬如衣服
“姑娘，姑娘，你现在还有腰肢，你现在还有喉咙。”
“你总有一天会完蛋。”
一个门槛，40 岁，或 30？门槛低得拦不住猫和狗

“姑娘，姑娘，过了40你就完蛋！”
可是刘没法改变自己的性别！

她把她所有的青春都扔在等待上
像一枚干果，对着满地的铜板捡捡拾拾，瞧，善良的人并没有得到好的报应
她把房子建在身上，一座移动的房子
到夜晚就关闭，呼吸匀称，我没有听到她的抱怨，在她踢踢着拖鞋在早晨6点半的旅馆里
这就是一个女人的惊醒！
一座房子的被迫关闭证明这个世界还有不尽如人意
男人们操练呼吸，把性延长到1800岁
而不用丰富才干
女人们却已提前见到道德落日
“年轻女人涂脂抹粉像金苍蝇嗡嗡叫。”——柯。
“我害怕你的残酷。兔死狐悲，也因为我是其中一员。”——安。

我或许已见到我的衰老
我的刘，我的姐姐，有一些命定的元素还在继续
我们没法改变自己的性别
整个晚上庄（男）就等着迪斯科，把灯枪毙！“真好！”
和一群细胞疯扭
或把禁锢摆在身体外，去听听灵魂的声音，当我在电话中提供风景，我是说我已把剧目上演到高潮
整个过程再也找不到收尾了
风已从5月30日谢幕，那只长长的风，还能找出其他的吗？

你一辈子都是在打诗歌的天下。

1999-05-31，漳州

九寨沟

现在是有一些意识流的东西在左右

我先写到它，然后我想了想，靠在黑心肠的诡秘上
原木质的山被车窗压低
它切过七转八弯的视线，挣扎而出
一大堆心猿意马，轻易地，打破人与人、与道德的界限
同志们，你们要去的地方满是人烟

“十几年前，它有百分百的蓝，知道吗，那种恐怖的蓝”
导游说，张尖尖的下巴有着硫黄的冷味
他已不耐烦这特定的身份
一个人，如果同时与九寨沟一起上天入地，一百次，一千次
——他将把九寨沟看成自己的地狱
自己的肮脏的命！

诗人杨炼这样写道“占有你们，我，真正的男人”
那是《诺日朗》的“黄金树”
当我去时，男人已经枯竭，宽宽的（想象中）诺日朗停在万木丛中
被阴郁的女性包围
它背叛了杨炼的唾液和精液
“这是春天，草色急需水分，秋天它就复活”
漂亮的藏族女导游如此解决诺日朗

叶子呈现颗粒状
细细的，尚未达标的叶子，晶莹地嵌在树枝上
我迷惑于它的纯粹
枝条是写意的，仿佛装上防腐装置，它一尘不染
夜晚下了一场雨，露珠像剔透的小房子
被神摆在空中

我动了动它，时间纷纷眨着眼，亲爱的，着魔了
相机大行其事
海拔 4000 米高峰上，上一个台阶都是不容易
脸苍白得惹人疼
水也许是习惯的慰抚
它从我的口腔一直吻到“我的肺”
崔健遮上红眼布：“想要学我你就不要后悔！”

飞了飞了，轰鸣着，喊出，夺下眶里的泪
它们没有距离
雪，雪在山尖，雪在山间，雪在脚下
风扑了上去，疯了一样
张开胳膊，就把雪围在脖颈，雪，白色的哈达，丝绸的经幡
风会代我们颂神的
光也会。一切生灵从幡下走过，都要带领气息移动
它们将代我们向神致意

文字在手，诗与我融为一体，它是我的血液和真实
精神能够制造语言
断臂的猎人是九寨沟的标志树，一种幻灭和消散
它汲取着灵魂的呼吸
每一颗不死的灵魂都能把远方敲响

碳酸钙和它的化合物，北纬 34 度，世界的风景大致相同
你到达你就到达
“一个国家的军火在另一个国家发挥作用。”
“一个国家的人民在另一个国家流离失所。”
我写下这些，感到世界不只是一个世界，风景不只是一个风景
然后我命令自己
不给脚打招呼，以便它失败得更为彻底

九寨沟，一个城市的边缘构图，神秘的童话扩大开来
神要死了，它必须把这个遗产留下？
“哦，不要开发，如果需要，我们可以为你们募捐。”联合国
文化官员恳求道
在一次高级领导接见会上
瑞典驻联合国的文化官员哭泣着恳求道
“你们，你们将破坏大自然的圣地。”

一俟人潮涌上，自然就将后退
人已是自然的敌人
有一句话说得好：“孤家寡人！”

小麻疹。五寸长的西宁鱼。柯达相纸。死烟蒂——
雷声形状的藏族民谣：
“当我的目光看得见你时，我的身体和你在一起；
当我的目光看不见你时，我的灵魂和你在一起。”
若尔盖，若尔盖
请记住白的名字，请记住安琪，或者把她置之山巅
当她老了，请用白布把她包裹，用竹杖把她猛打
“难为你们了，难为你们了……”
老天使喃喃着，她的声音布满祥光

极度的宁静集中在神的家
离天最近的神，离百姓最近，神拒绝“中空”
“而道，一人得道，连鸡犬都舍不得抛下……”
杨如此解释
“释亦即儒又怎样，有好的观点，却没好的行为。”
在通往飞机场的路上，杨突然被激活
他泛光的语言使我热泪盈眶
“但单有语言是不够的……”

一种宗教的情绪笼罩着诗人龚，时间对他是不存在
十年前我认识他
十年后，他已认不出我，我们没能进入各自的话语场
事实上我根本没能进入九寨沟的话语场
现代对它是不存在的
偶尔有藏胞唱起《心雨》我还是觉得不如《青藏高原》
——呀啦嗦，那可是青藏高原
我狠狠地拉高声部，我以此与我的神紧紧相触
“愿你的精和我的神进进出出，亲爱的！”

我们近在咫尺，有一段共同的旅程就有一段共同的理由
黄昏的转经轮，水是第一推动力
它推着我被你的微笑赞许
来，烧一炷香，一圈、两圈、三圈，吉祥的马儿会驮你到任何地方对接任何人
你的心一直是空的

“什么才是终极价值？”小伙子白为他突然发胖的躯体感到难为情。
如今他只追捕文字。
在寒气透骨的九寨沟宾馆，白和龚互为补充佛教的奥义

“我不迷信，但我已经信了”
“他们为自己划定朝圣目的，然后以躯体为路”
夜晚降临，他们不会越过白线

仍然有人幻想用一辈子串上任何辈子
这片海子需要赤裸的沉默
九个寨。三道沟。“阿妈，你又再诅咒我了？”
然后就是微笑，天高气爽，一片无须诊治的尘土！
我回来，直到月亮升起在五彩池上，月光从变幻的池上
涌出——
一万张不安的邮票和它们的灭绝伦理！

1999-04-27，漳州

加速度

1 黑蝙蝠
2 月 11 日像一个恍惚的世界
外婆病了，半身麻木，她想活，成天
颤巍巍在老外公的扶持下，手臂按摩一百下
脚捶打一百下
绕着狭小的两间半屋子左转百圈
右转百圈
我的小弟，年仅十八，有一次爱上一个
小妓女，“寤寐思服”
那时阳光很好，海关大厦三十层楼没有盖

我的小弟高高地，高高地，飞下
一只黑蝙蝠！
生命总像石头经不起粉碎
血却是温的，化开，一朵丑恶的花。如果
一个人是丑石的一个细胞
消失了，像一场唾液的爱情，坐在
倒栽的洋葱里
久久地，拒绝茶叶的清洗，肥胖，蹒跚学步
我要做谁温顺绝望的女儿？

2 蚯蚓
汽车穿过隧道——飞鸾岭，盘陀岭，鹅髻岭。
山劈开的骨头
一条盲肠的眼：狰狞，凸显，可以预想
你站上去变成夜晚的暗影
轻轻嘘气，弄假成真，跳跃，隐约
说我想你，怎么办呢？
说世界上只存在一条蚯蚓
矮小的不听话的蚯蚓，我吻吻它，好使它
茁壮成长
一切都是不真实！
老伙计的脸夹死三只苍蝇，小朋友，来
提高一点，再来
逃亡和历险写出四百行诗
生命分割到老外婆身上是小弟的幽灵之息
18 岁，死亡的花骨朵
“尸体缩小在一只小戒指上”*
“18 寸的棺材，一年一寸”*

3 镜子看得见
爱招引一辆桑塔纳和红色出租车相撞?
海岸线听得见鸡叫，隔壁有人刷牙洗脸，准备
睡觉。
时间制造事件，滴滴作响
当你良心发现
在华峰宾馆暧昧的铁芬兰味里
橱窗一字排开
被子星星点点，洗手间消灭撕碎的动作
镜子看得见这一切!
长发疲惫不堪，瘫软在咖啡色的木地板上
我的老外婆东转百圈，西转百圈
她想活!
她的欲望超过上升的热气球
她的欲望要爆炸?
小弟累了，他想死，他飞翔，然后变成
一只黑蝙蝠
黑色的尖利的叫喊。

4 宏
有时我回头
看见一个6岁半的女孩，和妹妹一起
举着伞，因为穷
她希望妹妹生病，她希望一个人躲在伞下
孤独的丰满的伞下
“闪开，闪开，卡车来了……”
我的邻居宏无声无息缩在车轮下
(“愿我的小车轮把我的爱人带回来”)*
然后摊开
整整三天，我都梦见他揪着我的小辫子

“老师，宏又欺负我了”
眼泪，从课桌三流到课桌四
可是一学期还很漫长啊
可是宏再也不揪我的小辫子了！
我头痛，脑子空空，我的辫子太轻了需要
宏的手。我不要卡车
不要死不要脸的卡车
不要脏话连篇。

5 妹妹自顾自……
我开始做梦，变形，像内心一样细密神奇
昨天妈妈说小田叔叔的老婆疯了
（那个马脸突眼的阿姨？）
神秘兮兮说对不起，你的命里有鬼
（伊沙说我的命里没有鬼）
给你针给你桶给你恺撒一箩筐
你的命里需要我。
妹妹东张西望
拒绝再嫁
她买了一套房子，在特区，她像个白领
浑身发亮
如果她老了，像可怜的老外婆
如果她不幸半身麻木像可怜的老外婆
她没有人捶背摸腿
她咳嗽，流涎，头发飞散，在晚风中苍老
我的妹妹
她自顾自地呆坐在晚风中的门槛上……

6 初恋
啊，电脑吱吱像傻子

夜晚满嘴胡诌
世界在天外，新春将至，“人群像从地底
下冒出来……”*
记忆乱七八糟，遭报应，颠倒，两年就
赶上火车
我曾在 1986 年送过初恋同学到北京
黑大衣服塞在箱里
他们说北方很冷，空气都要结冰
风可以装在瓶子里等它凝固
我的初恋同学深深的眼眶眯缝着，容不得沙子
火车开动，他的手留了下来
一遍一遍地
当我想他，我用他的手安慰自己
来自北京的信件令人生疼
初恋的肥皂剧适宜于长沙发和寡妇门前的是非
在产房，我痛叫我不生了。

7　小动物
那时我已结婚
我的女儿从晚上 11 点到第二天下午 2 点一直
待在我肚里
生育是多么痛慢的事！
“医生，行行好，给我一刀吧……”
我想死，弟弟，别走，等等我……
黑蝙蝠，飞高，碎成一片片，黑色风，一片片
生命是红色的
一直落到医生的白手套上
生命是红色的
滑溜，破门而出，来，吃吃龙眼，红糖
高丽（但不能太多）

来，擦擦苍白的脸，生命是红色的
你要高兴
看看，这是你，一个你，这是血液和你自己
生命可以从头再来
“我要看看它，我的小动物……”
我的，小动物
小腿踢蹬，眼睛清澈得像所有的小动物
来，这是我的小动物，我们的
来，我们的小动物
听话，妈妈爱你
心脏爱你，电话爱你，家爱你，奶瓶爱你
见风就长我的小动物
“读书，鞋子，嘭嚓嚓，牛奶米糊，回家”
鱼——哎——儿——
坐汽车，爸爸抱，妈妈我想你，“我也想你”
乖不乖？“乖”
坏不坏？“坏”
坏就要打屁股好不好？“不好”
抓妈妈，身子扑过来，坏妈妈一闪，我的
鱼儿一头撞在床沿上
天塌下来了，眼角流血了，怎么办
妈妈再也不看书了，就看着你
就看着你！
摇啊摇，摇到外婆桥。哥哥走，我也走
我和哥哥手拉手……
生命是红色的
呱呱坠地，不真实。生命简单到只是瞬间结合？

8 命有定数
我的朋友姓宋

1989 年他结婚，新娘妩媚，十年了
生命总不落地生根
他，她，上上海，下广州，左弄右弄
生命复杂得像什么（我不知道）
我看到他们在急速衰老
死亡加紧抢占地盘，如果生命不及时补充
死亡总是要捷足先得的
人生短暂，有些事你很难说清
譬如现在，蚊子撩起长腿，文字却像断臂天使
你写出一行
世界就少一行
命都是有定数的。世间万事均是如此
孔子说，逝者如斯夫
时间像个天真的孩子，不舍昼夜
你在西半球打个哈欠
东半球就长了一厘米
喉咙总是堵塞，你犹豫着是否要用芯片通理
光悬而未决
一个人泛青脸上欲哭无泪

9 鸡犬不宁
诗给你按摩，有一天我醒了，月光变成
大乳房
天空是一条线落在苹果的虫眼里
直直走，就能看见蚂蚁和女神赛跑，邪恶瞬间
细胞都张开了
你还要什么？那天半夜，你按捺不住拨通电话
世界发起神经
鸡犬不宁
清晨，风蹑手蹑脚，它的偏头痛又犯了

它骑上摩托车
在阴沟的阴里翻滚呻吟
诗和非诗总是不同!
我时常呆呆地羡慕幻景，那时我还小
妹妹就长到黄昏的第五根手指
我们哭着，别打了别打了，爸爸求求你，妈妈
妈妈……妈妈疯了!
要高考了，蜂窝煤少一颗，妈妈，妹妹要高考了
别骂了，求求你，别骂了
(一颗蜂窝煤胜过妹妹的前途?)
但是妈妈疯了
从下午5点，空气笼罩着不祥的征兆，愤怒几乎
使我咬碎心脏
天啊，我们的命!
妹妹，就这样吧，该什么是什么。
爸爸总不回来
他的家在小姐身上。他醉了
(我从未看过他清醒)
他说，遗传是多么可怕，譬如你母亲
譬如你母舅公
哦，天啊，愿上帝保佑妹妹，使她的纯洁
不致发疯

10 安魂曲
我写诗，作乱，借机行事，来，伸过你的烟
好兄弟
和火焰接个吻
你从远方来，袖子沾满尘埃。尘埃总是比飞翔更为
可贵：低迷，透彻……
有时我总想把情人们集中起来

时间将把他们珍藏
像制造木乃伊——风干，上蜡，捆绑
笔直地，放进性液的玻璃门
你好，墓群
酒是个好东西，顺着夜的脊梁骨
唱起欢爱的安魂曲
灵魂打点行程
这个隔开天和空的格子！
名叫“天真”（也叫“蜘蛛”）
这个闪烁的屈辱的初恋，我说出它，我并且
要把它生吞活剥
Z，上帝罚你，你坐在那儿像十吨菜叶
你还跳舞吗
除了长肉，你还长什么？
1991 年，一只丑小鸭经历生命最暗淡的时辰
她就要成神
愤怒使她成倍膨胀，血液活了
器官活了
一个人终于张开全部自己！

11　文字漆黑
老外婆，爱护你的外孙女吧，她的刀子已架在
脖颈上
心正在转化，不是肉，心再也不是肉了
诗歌会照护这一切的！
鞭炮炸光，咖啡趔趄着，流浪者大年三十自我
解决（别紧张，他不会死）
他快乐得在漆黑的文字里摸索
对他的眼睛文字是最好的食物
青岛是一座矮房子？

他说，漳州令人难忘，第一次，只身南下
与新婚的妻子囫囵吞枣
留下根，然后愿意让空气把他消化
诗人都是敏感的
当你想入非非，突然觉得一个人就是你的
一生，你还要什么现实呢？
你像小猪一样长大
助人为乐，心怀残酷，把姐姐当作末世的恋人
你还要什么样的诗句呢！
你打来电话，说生命太短，等你太长
羞涩的笑头发般披散下来
那时你刚洗了头
松软的青春的体态荡漾在下午的情调酒吧
我有些怔住
很多事不是一句话可以说清的

12 加速度
三十岁了，时间在加速，高速公路上一辆吉普急速
撞上三个血气小伙
肉体就在肉体的制造物中破碎
如果我制造了你，用我的诗，这是否就是报答
六元面线是情人节夜晚的礼物
加上冰糖气球
加上耳垂（它不丰满）
和下定决心的出走和回来……
爱情是没有时间的
当你累了，歪躺在海风咸味的长床上，你
肌肤的床闯进多少温存的手
石头开花，诗歌说话
“风起于青萍之末”

恰如传呼抖动，时间毫无所知……

1999-12-30，漳州

泉州记

风来得匆忙——
木偶和它的主人爱怜的表情，夜晚像一壶好茶
凄厉却抓不住辫子

一百零八块花岗岩拼凑的戚继光神像
崇武以南以北，我的力量太小了，五千年看西安
一千年看泉州
乘天照应，古城经风雨而不毁，环镇而行，长 2500 里
果然大背景，鱼虾长在石头上
领军人物为泡沫
有所凭依的想象，加上自然抚摸器，虚张声势的眼睛
我不一定要都讲真话
但我可以不说假话。
土腔土调的颧骨形成合力，拒绝互相恭维
时代的前瞻性从何说起
地域无法设想，文化传乘出家当了和尚

“万古是非浑短梦，一句弥陀作大舟。”
遗墨：弘一法师“悲欣交集”，塔分两处，以致生死
刺桐喇喇无相可得

禅扉虚叩为高境界，一行人在此光风霁月，感到眼手身通
他山之石自净己心
清源有浊流，老君悠然之。
占卜，投硬币于远方，阴阳相嵌暗示一种预兆
乡土五彩缤纷，连咳嗽都记下了
这座城市是一个民族的大杂烩
仿佛整个世界都在它怀里。
昏暗慢慢呼吸起来，渐至明朗，十年前我见过它
仿佛不是在福建，今天它陌生化的宽广
快速地流过形式
停顿，大气，有极度自信的胸膛
没有那么多心理障碍，“潘趣玩偶”剧团：高鼻梁
模拟小丑声响，东奔西跑，场景由一个人完成
我看到一个个木偶倒下，然后死亡开始行动
敲击头颅，哄堂大笑
绞刑架只有一次，其作用比拟发展，幽默是一致的
这些都是英国高个老头和他的表演风度。
开台仪式则由台湾小西园木偶剧团奉献
燃香，紧锣密鼓，白衣黑裤，腰扎红绸带，步伐
按板踢踏，右，点三点，迈；左，点三点，迈
手执符咒，望空画圈
一个圆，再一个圆，然后是一条圆
连曲线，涂抹，疯狂状态，屏息，提胳膊，喊着“嘿”
鞠躬礼拜
分发糖果，尝好运气，台湾小西园就此开演！

四个地市（泉州、厦门、漳州、龙岩）集中的机会不多
不容易，个体写作者直达列车
也许会有更大的碰撞
分割出去的州府愉快地要求回归，西变南

该关的门还是要关
废话已到了忍无可忍的时期，卷曲的鼻音涂上大口红
能有一个松散的联盟就不错了
问题出在哪里：没有实招或真招，交流在一段时间体现了
经济与经济的较量
谁跟谁都要比
没有机场我们自己建，省略早上4点
没有标准我们自己定
使闽南像 把剪刀，充分发射，探水入壶

每一行我都盯着，我不悲观
不会骑车就扛车，规范的结构不是我们的专长
道路一头栽下去
探索的庙宇建在惠女的虔诚上，二十七名解放军的献身
在朝拜中成为神
有叶飞题词：“为民牺牲，死的光荣。”
音乐是自己谱写，重复播放
不敢亮出秘密就任其腐烂
红，绿，乌龙，茶分三类，音为南音
优雅的微笑对谁都一样不在意
台上台下一个人生
只要感觉不雷同，就不要问为何出家。

琵琶如同飞天横握
翅膀像安琪儿一样展开，中西方融合自檐间展出
局部放大并且自成风范
地方戏教材从小学开始，这是一流的鉴赏者的决策
“我死了就用《梅花》陪葬！”
举重若轻是一种姿态
心理没障碍，灰尘也就无法把一些东西破坏

古旧的街道铺设齐整，木门，板条
船像一座博物馆
东西塔又名生死塔，世俗的美做好基础工作
我从来对自己寄予大绝望和大希望
伟大的城市，世界在它身上跑不动。

2000-10-15，漳州

时间屋

我仿佛每天都在相同渴望中收集时间的暴力
没有一间灵魂的屋子
麻木和感动，进行诗句似的空转
头是另外的梯子，扶助我到达回忆的往昔

强行压下的肉体之念闪闪发光
接着又含满裂缝
智慧的，也是无边的幸福超出内心的恐惧
清醒像那个人悄悄终止
甚至现实也是智慧枯瘦的形体在伪装
冲动成为奢侈
随时都会带领我抹上刀痕

经历一场意外的搏斗
牢房般的城市是健康的，那种永无休止的阴

晴，圆缺。翅膀多余
路飘散着，无须睁眼就能验证家的虚无
我在梦幻中拖延一生的忍受
落寞和无力轮流上演
左手像切割之后留下的齐整历史
选择还是放弃，我思索良久，泪水走向夜晚

不断重复的折磨落到实处
吞进一半的阴影
构成引例，像一个从未完成的人
预言和无知辨认着我
也像茁壮成长的钥匙一霎间长成门
我听到渐渐淹没的光辉在捆绑诗句
需要却暗藏危机
仿佛说情爱是死的，世界不应有所祈求
仿佛一个部落的杀戮突然随同神秘消失

日常惯性轻轻调理到身上
拒绝越来越难，结束到草地吃掉羊群
那些迷途知返的行动与时间倾倒到哪里?
自我虐待，“有”迫害成“无”
如同呼吸道奄奄一息的真理
再从碎裂中柔皱成团

疼痛所要医治的
包括地球，包括月光，我看见碑石上一个个文字
爬了出来，模样类似昏暗
我实际是把发生的事当作遗址
或泼洒血液到睡眠的居住地
对于掩盖我知之甚少，灵魂的池水在上升

一个世纪呈现赤裸给另一个世纪
缺氧被忧郁提取
笑容发霉，风中稀薄的天堂是蛇的故乡

兴奋而且迷乱，它统治着我
使宽阔垂直下降
欢爱的空气属于昨天
我为之雕刻的塑像记录了不由自主的攀缘
沉默，沉默
沉默装上计速器

茫远的反光也传递来失败的液体
人头攒动，灰尘的图景交换到彩虹
海洋寂静地拍打着
泡沫一样的孩子无声无息

喂养给鱼的管教。
我想到一个人独具魅力的躯体从梦里滑了出来
多么坦荡的布匹！
时间屋……死亡被固定在这里！
时间屋……舌尖上的性爱注意，激动面孔！
一个精神一个精神地拆解，注释！
终至于零！

攻击的骨骸早已备好
这也是理想的此在潜伏孤独
一个人有一个人的清场方式
仿佛被省略一般失踪到风触摸不到的鸟翅上
只有最后一只了
它现在还是我的，陈旧的对话每天都要操练一遍

变换出整个人性的饥饿
它现在还是我的
收敛如同忘却，一种有待研究的哲理条纹
夹杂着琥珀的斑斓与残忍
绚丽得仿佛不是真的

一个时间的对错纠缠
几万吨情爱炸药投递到阴暗屋顶的幻觉
挽留在彼岸。恐惧和反叛
延续到两个月的停止操作
我追忆年华一直到水死去，哀悼的诗篇像一座患病的
城市，原先是好的
因为绝望太多
慢慢地就变得不可宽恕和隐逸
慢慢地就老了

我移开自身仿佛移开一段距离
眼神憔悴地绑在脚上成为锁链
普鲁斯特来了
迟缓的节奏把我笼罩在遗忘中。

2001-06-22，漳州

永恒书

反过来有一个声音对我说，平静，平静
尽管我不甚了了
亲爱的，下午，亲爱的阴暗
我将是另外的问题解释一切，当然，我要被强烈
的渴望治疗
肉体的眼睛确实存在着
永恒存在着
我发现一个职责的创立聚合余剩的幻想
在症结与考验之间达到无以复加的地步
仿佛爱错了对象
转瞬不再作为意念得到训练

变化是真的，分析的神话含有性的因质
我理解现实，依靠第三种手段制止它
使之遭遇太多，困惑太多
除此还需忍受更大恐惧的检视
冲锋的号角反反复复，从配对的栅栏外窥视，突然
感受到伤害，灵魂也在经过针尖
觉悟或者冒险的亲密?
像一个威胁沿着昏眩移动，导致坚固破产
泡沫中的繁文缛节!
我集中自己构思同样阴冷的对立面

体谅和仁慈较之群体显得单薄
被剥夺的子宫之恋
生命意识的创造深度在瓦解，因为不成熟，所以是
好的，因为孤独
所以历久弥新
彼此停留的真正归宿：梦的共和国
个性的暖太阳
正常的也是潮湿的
需要某种隐约的论述用于强调自然的忧虑
我起身，跟随一只蚂蚁进入它的骨头

我摇晃像在满足茶叶的茉莉香味
失败被最大程度地简化
成为建筑师手下无法提供物质的线条
世界不过是心灵摆设的位置大小，宽窄，借用
文明抵抗诱惑
神的影像否定我们，预言类似邪恶
有别于开篇的漫游之马：石头已获默许
联系泛着油光，似乎盖了一座庙宇

赞美它吧，安和不安
事实枝繁叶茂并且严肃得多，混乱得多
从哪里开始？我受到紧迫的歇斯底里的专制对待
鬼鬼祟祟，仿佛犯了快乐法和诚实法
淹没在道德的哀悼里
永恒是什么？现在是勇敢的，之后将是额外的审判
一浪高过一浪
我听到一棵树生长的方向来自上面与下面的同步
我听到我不感兴趣的豪言壮语披着婚纱
模仿丑陋新娘

控制 = 死亡，发生 = 认识
未来时间作为祭品的全部奉献给过去时间

莫名的怨恨站在坚定的此刻爆炸
我已经研究了完美的痛苦
我研究生机勃勃的死亡加速度
把协调建立到它背面，我实现稳定用日渐索然的无味
比颓废更为慷慨的是诗意的散失
灵魂的餐桌苦难在举办宴会
为了显赫，我复制无数自己。

永恒多么奢侈
普及技术的进步和商业的臆想
亲爱的下午，亲爱的，阴暗，请继承我的遗产
我对你拖累最深！

2001-10-12，漳州

野山寨

野山寨只用其诗歌的部分接纳我们
它清凉的山脊
犹如放大的盆景，虽低，却有嶙峋的风骨
大地的风偶尔起自草尖的惊悸
一阵强光掠过
空旷处跳动不已

河北易县，野山寨
随时都可以捡拾到历史遗留下的名字
易水荆轲
拒马河
燕山山脉古战场
在我沿着长城起伏的双臂认出了秋天的观念
断掉的疑惑
随着漫山遍野的小黄花激动
那么安静地簇拥着
却并不缠绕
我时常看着它们选取了温暖这个词

没有多余的色调
也没有刹那间的旋涡沦落
群山只剩下线条
放眼望去，我产生了对不可复述的情感的兴趣
即将实现的夜晚类似一艘隐形船
在曙色中宣布无效
野山寨
火星摇曳，直到柴秆尽失
一头羊摆到桌面

诗歌的热炕头紧紧抓在人类的掌中
唯此富足
唯此便有成竹在胸
我探询塑料盆与木栅栏的和谐
机关或丢在一边的枕头
一切有能力剥夺睡眠的因素我全抛弃
我以此回答孙文涛：

我喜爱现在。

那野山寨的日子应当有所结果
蓝天上，白云变化出马的嘶鸣
只一眨眼
又调整成子宫的形状
纯净可以做多种解释譬如我们仰首时的静默
天地万物不可以有疑问
它们自然生成
因而你在山下瞧见的是阳具
到山上就能够意外遭遇阴户
无须惊讶，山自己繁殖
静穆或奔腾
自己流下人类的体液

然而这只是野山寨的开端
贫乏的语言在观察到的伟大中处理不了
生动的葵花子
挺拔的细叶杨
碎碎地在风中闪亮，北方的感觉
有了充盈的肌理
我重叠在燕赵大地慷慨悲歌的比喻上
一时间难以脱身

我想我必须用特殊的触角从事全新的建筑
但野山寨如此冷静
几乎包括思维的全部

2002-10-07，漳州

永定河

1

就是从这里开始我写永定河
从 ·根鱼刺微小地卡在他的喉咙
永定河，微小的鱼刺干涸地卡在
他干涸的喉咙
他蓝色的轿车伤痕累累被任性地
划过在夜晚乡间陌生的小道上
他喜欢无知莽撞的感觉正如我喜欢
在他轿车右手的窗沿上放上我的右手
又一次我坐到了他的身旁
快点，再快点，他喊着碰
一辆车自对面急速驶来他喊着碰
我微微闭上眼
这无始无终的道路多么宽广明亮即使在夜晚
也多么宽广明亮
因为我们都不想有任何结局譬如人生没有终点

2

熟悉的晦暝气鬼魅气扑了过来现在是夜里
十一点，是在一辆轿车上是我们三人
轿车是蓝色的但此刻已看不见车身车尾
因为我们在车上我们是三人
仿佛已经在人间行驶很久了仿佛我们正驶向

天堂。不，你说地狱，你说一个蛋
天堂地狱都是一个蛋荒诞
轿车是那把蹲不下的椅子抬着我们
抬着我们一直到永定河
河水在哪里？眼前只见稀黄的河床变形地撕裂
河上一群树张开翅膀头朝右拐
我说，它们要飞，你说不，它们在爱你
爱你夜色中慌乱的液体
永定河，北京的母亲河
我已经站直身子又刹不住地跌到你的堤岸

3
灯一闪一闪的，灯闪一下我们就喊一句
永定河，永定河
我爱这三个字构成的安宁我已经退了
不再先锋不再逞强不再肆无忌惮地张狂
我看着你消瘦的躯体就像故乡坎坷不平的闽南话
在他们耳里名之为鸟语
天黑了，花开了，什么花，雪花
雪化了，路远了，什么路，绝路
他说不要诉苦不要摇头不要不要
他说人生在世有事做做就好
他说回去吧永定河
他还说你要看清河背后的东西
不是永定

2003-05-22，北京

相爱之诗

1 此刻
此刻阳光明媚，从屋顶慢慢照下来，一路穿过
17 层，16 层，15 层，一直到 5 层的树上
分不清枫树、桉树
还是大叶黄杨树
阳光从树身上走了一圈，拉走了一群树叶
细细的脚哗啦啦
细细的孩子们的脚啊跑得
那么快
那么快，此刻阳光明媚
漂亮得像造出好心情的宽阔马路
干净公交车
即使阳光不明媚不漂亮我还是要写一首
相爱之诗
我的相爱之诗从早晨 7 点钟的太阳
开始——
一大群树叶哗啦啦
落下，孩子们的小脚跑得多欢啊。

2 孩子们的小脚
那一群
又一群的树叶滚动着
欢叫着，细细的，秀气的，孩子们的小脚

我亲爱的孩子们笑得多好
哗啦啦
就揪着风的脖颈使劲灌
使劲灌入一些风
一些寒意
没关系孩子们
你们是大地亲爱的孩子亲爱的孩子们
你们是复数
你们蹿来蹿去在一颗颗单数的心上。

3 单数的心

单数的心渴望变成双数，于是它加入一条河的纯净
一个花园的曙光
它学会修炼
绕着过去走三圈
绕着现在走三圈
绕着未来走三圈，必须顺时针，手放在心上
眼睛闭上多年前它曾经这样
念过
写过直到一个叫作幸福的神来临
单数的心变成双数
再变成单数：命运走了一个轮回！
多年以后它继续修炼
手放在心上
眼睛闭上。

4 眼睛闭上

眼睛闭上就能看见黑暗，看见黑暗里的呼吸
摸索和心底里的欢喜
眼睛闭上就能看见梦

梦里的小推车把一些陈年遗迹运走
把家具运来
眼睛闭上就能地老天荒，随手碰翻
波涛汹涌的海

你见过海在青年的成长里茁壮
在一条江里慢慢汇入宁静
至为深远的感觉排除现实的元素好暖和
好比眼睛闭上看见的一切
它们多么像是真的
（是的，这一切多么像是真的）

5 多么像
多么像啊，多么像
多么像万寿路、玉泉路，夜晚的公交车也不疲惫
路灯不疲惫
手机不疲惫，心跳不疲惫
鞋子不疲惫地由黑变黄
再变黑
立交桥不疲惫地立着，电梯间的地毯不疲惫轮换着
日期：
星期一我们读书
星期二我们工作
星期三我们和距离打个招呼
星期四寒冷加大
星期五秋阳高照
星期六天空整洁
星期天上帝醒了，我们睡了
电梯空悬多么像某某家阳台望出去的夜色

6 某某家阳台
我喜欢某
某某
某某某
我用它们代替我喜欢的某，某某，某某某
某 + 某某 = 某某某
某某某就是你
你在你家阳台望出去
望见春秋战国时代走来的一个人
一个女人
她在你家阳台望出去
望见春秋战国时代走来的一个人
一个男人
他们互相望了望，互相笑了笑，就走到了
秦朝、汉朝
和唐朝

7 唐朝
你看到我的长发披覆下来
你看到我的额头
我的脸颊
如果你看到我微微发抖的躯体
我的胸脯
亲爱的祝福你你看到了
我的唐朝

8 我的唐朝
作为一个诗人我渴望活在唐朝

作为一个女人我同样渴望活在唐朝
献给你，我的相爱之诗，我的青纱帐里跃马扬鞭的唐朝！

2004-11-10，北京

无情书十二页

1
有时我会在对你的想往中陷入深色的战栗
你是淡的，寡的，孤的，绝的
你是这一屋子的静！
不动的时间
多么陈旧你
仿佛不再打开的灯盏挂着
我起身在黑暗中摸着心跳过河，一下子
扑倒在天光透亮的窗上
为什么是你而不是我决定了
水落石出的技巧
当我在每一个瞬刻摇头、叹息，一墙壁的
书数次带我进入往昔的幻景
已经发生的
即将发生的
都发生了，除了现在，除了你
审视的眼神轻轻一瞥
抬起左手，遮住额头，转过脸
听我的亲 爱的我要走了

但不会忘记带上你的门。

2
向 33 路致敬，向夜晚的公交车
致敬我说，我已上路，在固定的位置看街景
熟悉的站牌无须检验就能发现它们不含机关
多么好这些一晃而过的事物
它们呼应了你
一个人和另一个人的相遇正如一场雪
下在另一场雪身上
虽然表面看来并无变化却在朦胧中
加深，加宽
加厚，加重
有如身体和身体的堆叠在无数个纠缠不清
的夜晚扭过脸去
呼吸变得困难我问
我第二次问，何时何地我为何人变得
无言，何时何地何人对我
依然沉默？

3
这里有足够的养分供你汲取
有你喜爱的表情：忧郁，沉思，偶尔起身
到阳台上看身高七层楼的树
那些带来激情的树本身是安静的
从秋天到冬天一个人一棵树
无论何时我都能在镜子中看到
此刻的美好
一面两面三面镜子，博尔赫斯的镜子！
多么交叉的迷幻场景在口语间流动

恰如你崇仰的思想
你用它们要求自己
无边的深邃在一进门的随手一关里
这是你的世界傲慢而愤怒
而最终归于沉默
我看见一天一天过去像什么都没发生
我看见什么在发生一天一天过去
它不会杳无痕迹
它终会有所彰显
平静的沙发
平静的蓝色一具起伏的躯体恰如一座
即将汹涌的火山

4
多么干净的睡眠没有铃声打扰你
没有梦冷不防进入
你是呼吸匀称的大孩子在漆黑的夜晚
走来走去哦亲爱的别在意
这只是我在另一个地方的想象
事实上你有规律地安排了生活从不在夜晚
走来走去像我一样焦虑、独白！
你听从时钟的指示、天气预报
的指示却放弃了
内心的指示
内心是什么我问？
当我伸手却摸不到你的心脏，我说
一个艾略特时代的空心人继续
活在当代这很好真的
所以你呼吸匀称像一个不懂爱的孩子
你从未爱过

所以你丧失了爱的能力
当我在某一个泪水闪烁的间隙幡然醒悟
我知道我开始学习把心掏出并且丢向遥远的
永不再来的
来世。

5
在这样那样的小心中我变得不是我
我想按照你的轨道行走却发现你根本不提供
轨道，不提供按键的程序
多么漫长的你在永远的静止中相信时间的虚无
每一个开始都是结束这是你想要的
我夜不成眠地急速奔驰却不知
你以不变粉碎了我
你的冷真冷
你的淡真淡
你像一张写满文字的纸再也添不进任何一笔
你是这样一张写满文字的纸辨认不出笔迹
尽管我用尽全力
费尽心机尝试着在你的纸上添加一笔但在这样那样
的小心中我变得
不是我，我看见我添加进的一笔
那么哀伤
那么陌生那么不是我。

6
这些方生方死的感情纯属于我我是绝望的
尽管绝望一词显得老旧
俗套但扣除绝望还有什么能够代表绝望？
还有什么能够指示

一天一天的等待在每一个黎明
将至时宣告无效
宣告从此刻开始你的等待依然全新依然
无效！无效，无效，如果绝望是无效的我宣告
我爱绝望，爱无效的绝望
我说起了绕口令生活本身多么说不清楚
多么说不清楚的生活如果生活是清楚的谁还愿意
在说得清楚的生活中说不清楚？
亲爱的别怪我每天陷入的等待
别怪我的等待带来的绝望
这绝望对你是无效的
因为你从不知晓什么叫绝望
你从不等待
从不在应该陷入的时刻陷入。

7
我要在新年把你结束用十二首诗
生命的一个轮回作为你我曾经相识的依据
我继续写下去亲爱的
我继续叫下去就这一次很快
冰就要摇晃，摇晃的冰意味着破裂就在眼前
已在眼前！
我抿住你的嘴唇在厨房我像一个
自己也不认识的
陌生人跟随着你挤来挤去
你有你烧菜煮饭的方式
关上世界的方式
已经三个月了我们并未互相看见，并未
在熟悉的姿势中彼此
熟悉对方的观点

因为你是对未来不抱希望的人所以你的投入
有所保留尽管我试图接受
这一切亲爱的
我多么想把这个词汇变成专用
变成一个毫不犹豫的肯定
而最终你让我相信这只是一个虚指它并不
适合于你。

8

总要放一个人在心上这心才存在
一场雪过后，天下大白
而第二场则像是对第一场的阐述，如果有
第三场我就将改变身份
我动不了你只能动自己
这雪比我强大，它很快把万物冻在
大地上它甚至能够
把大地本身也冻住
如果我是雪我想做的第一件事就是
把你冻在我身上
把你的想冻在想我的那刻
如果我是雪我会把时间冻在 2004 年
10 月至 12 月亲爱的
我说过一生太过漫长
那是我被雪冻住的日子
今天由于阳光的出现，漫长一生
开始变得短暂

9

回忆总在央求我，过了头的餐券
没有洗手间的日本料理

上海老城隍
回忆行走在街上低着头像俄罗斯白银时代的
知识分子，回忆笑了
远远地走来在超市发门口回忆笑得那么
单纯、羞涩
回忆只要两根甘蔗就能保证下半生的甜
回忆混进八宝粥里成为最珍贵的第九个。回忆
寄居在视野所及的每一本书里
它们爱我
回忆缓缓流逝仿佛一部两部伊朗影碟
回忆是超现实的你是现实的回忆是电话放下又提起
回忆略微有些驼背有些结巴这世界没有
十全十美的事回忆知道你和我
知道有人走了
就有人来了。

10
在晚霞满天的昆玉河我脱口而出爱无章法
然后就被没有章法的爱拖陷进去
不止一次我们说到分手
其理由并不成立，在夜晚叹息似的音乐中脚越来越
凉，寒透指骨
想到你是这样一个莫名其妙变态的人
想到我一开始下半生就遇到没
这世界到底在哪一环节出了差错，你跳舞
相亲，企图在偶然中遇到并不存在的某个人，因为
没有方向感
没有标准，你的企图注定落空
而事实上你并不想有最终的归宿，因为生命漫长
我曾经以为漫长的生命如今居住到你身上或者它们本来

就是你的
你传染给了我直到我血液中的力量苏醒过来
提示我与其相濡以沫
不如相忘于江湖

11
亲爱的亲爱的亲爱的我这样叫过杜拉斯
亲爱的杜拉斯如果你爱我请你帮我
请你请你
把你的情人安排给我我需要
像你的情人一样的情人
我需要情人转变成爱人
我需要爱人爱人我需要爱需要有
的爱而非
没的爱
需要一个真正的想而非
要求的想
需要把余生安置在某个真实的躯体
而非你的躯体你是遥不可及的
杜拉斯我的杜拉斯如果你
不能给我像你的情人一样
的情人如果你给我的情人
变不成爱人
我宁愿不要这样的情人
我宁愿要你永远在你的孤寂里
你是永远的没
永远没有的
没。

12

我要走了我不会忘记
带上你的门听我的亲爱的
放下左手，别
遮住额头
转过脸，看着我
让我审视你，你是淡的
寡的，孤的，绝的
现在，就是现在，即将发生的
应该发生的
都发生了
一墙壁的书是往昔的幻景
在每一个瞬刻摇头，叹息
最终是我而不是你决定了
水落石出的技巧
我起身在黑暗中
静坐，摸到自己的心跳天光一样透亮
紧闭的窗子
不再打开的灯盏多么陈旧你
时间不动
一屋子的静不动
你是淡的
寡的，孤的，绝的
有时我会在曾经的想往中陷入深色的战栗。

2005-01-05，北京

心愿，或爱人之乡

再一次提到明天，明天，我的心愿将在爱人之乡达成
再一次握住蔓延的泪，说来就来我蔓延的泪顺着脸颊
流淌，而秋天就在这个时刻红了

秋天红了，落叶的诗句即将铺起，秋天诗意，我备好
一道南方的绳索
这绳索将把你我串起
这绳索越来越轻，天上人间，一道南方的绳索将把北方
串起。南方北方，你我飞翔
天空辽阔，静静的天空朝霞在前
晚霞在后

我们一起摘下面具，积雪的大地将临
一些嘴唇在传递亲吻
另一些在传递口舌争鸣
我们的嘴唇漫无边际在传递，万物合二为一的喜悦
与安宁

我们把心愿放在九龙江，让它沿着大河的方向而去
到达湘江和长江
到达微风荡漾的亲人族群
他们在天上，他们在看，他们在说，孩子们，你们是我们的
心愿，我们的幸福链条

你们是我们的传统
你们用努力接近了玉米和大豆
你们在江南奥拓上，这多么好

长路漫漫仅余余生
追逐梦想的人，我只是比他们先行一步，我跑得太远了
一转身，空无一人
我只是比他们先行一步，一转身，我多么尴尬
我的身后空无一人
亲爱的为什么要让我空无一人站在空旷的北方独自疑惑
佛说，不要着急，孩子，该你的就是你的

该你的孤独就是你的
该你的欢喜就是你的
该你的敌人就是你的
该你的爱人也是你的

我认识体积浓厚的云就该认识通体透明的光
我认识苦难就该认识幸福
我认识你就该认识你
亲爱的你在身旁就像掌纹在手上
你轻轻地走
重重地走
生命布满未知的传奇

我们把知觉打开，只一瞬，传奇就来了，传奇枝叶繁生
我们只取它一叶
我们把感觉打开，只一刻，未来就来了，未来拉了我们一把
一座高堂矗立面前

明镜不悲，因为白发已经散尽，青丝重起
死亡只在昨日发生
我们把姓氏从远古带来，又将带向远方
陌生的熟悉的拾起的放下的，焦虑。
缓慢的快速的滞重的轻灵的，幸福。
千里之外的，爱。
心灵深处的，疼。
我记住了你，就记住了父亲母亲的屋顶。

我们把心愿埋在爱人之乡
明天醒来，我们将看到，一群心愿的孩子长满枝头。

2005-10-16，北京

论庄周梦蝶

1
仿佛是很久以前的一个人，走到我面前
我虽没有十足的激情，却也有着湿润的感动
生活越来越像生活，像青菜、剁椒鱼头，和白米饭
有时我们会在一列奔驰的火车前停下，比赛眼力
看谁最先看清它的来历与去向
当我朝火车挥手道别一眼瞥见你吸烟的姿势温暖
成熟，你是黑夜边界闪现的地平线
归根结底，你有迎接晨光升起的朴质和自信
我曾经悲哀笼罩的躯体曾经死寂阴沉

你用微笑的力吸引我进入，安宁的心。

2

我害怕有一天我将因自己的喜怒无常而失手打碎
你我的果盘。我相信你之持守却不能阻止自己
的疯狂——
“如果不能相濡以沫，就请相忘于江湖”。
我写下这些文字为的是情绪来临时它们可以
充当捆绑风暴的绳索，我对我的非理性
极度恐慌，我对我的非理性
极度厌恶，我对我的非理性
极度沮丧，极度绝望。我已被我的非理性
摧残、绞杀，至今尸骨未寒。

3

始终你我，像哑巴那样说话，着急，热烈，辅之以匆忙的手势，期待的表情。间杂以轻微的顿足，细汗的额头你我始终，喋喋不休，恍若自井中打水，一桶一桶一共两桶，一桶曰男，一桶叫女。男女相见，皆道欢喜。始终，你，我，闭门造车，开门见日。车是列车，回福建回漳州；日是烈日，照 2300 公里草木葱茏缄默路。你一身一影一人，独行，思想热烈，着急，像真正的哑巴一身一影一人。你与你心中装着的哑巴说话，不动唇，也不动齿。你着急，热烈，始终脸上，有阴晴不定的脸色：一会儿安，一会儿不安。

4

我想抱住真正的血性的爱，虽然环境粗糙，人迹
弥漫，我们也该把活儿做得细致
直至地老天荒，直至世界，被挡在心房之外

此时，此刻，你用你的方式哺育我
我用我的方式哺育你。沉默地抚触彼此
原初的在，叙述中浮现的面孔，沾染着蜜
关于辉煌，和寂寞的情欲，都在紊乱中复活
夜晚无限延长，乃至接近白天，反过来也行
——虽然环境粗糙，人迹弥漫，我们也能抱住
真正血性的，加速生命与虚无的爱。

5
今天天阴，有日全食，你在故乡亲人环簇的小城看直播
起先是傍晚突临，外面很多笑声，时为上午
9 点 01 分。然后天黑了下来，时有小星出现
跟真的一样。接着窗户有碎银进来
房里地上有小方格了，太阳已被
黑影覆盖，只有周边出现一个光环
大地暗了，远处有星星闪烁。整个过程
持续了六分钟。你第一次肉眼直视太阳就像
第一次肉眼直视女权主义者的脸在她安睡以后：
从初亏，到食既，到食甚，到生光，再到复圆。

6
每一天都有一个新的你等着我去问候，早安我爱
光脊背的你，白衬衣的你，七台风扇也扇不干泥浆缠身
的你。你成长于小地方大家族的童年你梦想写字的少年
你离家出走的青年鱼一样游行于南方，北方。
现在我要记录下你的困顿，疲惫，与屹立
记录下你 12 个馒头的一天比之于我的 4 个烧饼
记录下你的觉醒和一个男人沸腾火焰的中年他终于
完整地掌握了自己的命运并释放自己的能量
他自信而丰裕。他在遇到我的时候有了足够抵御痛苦

与焦虑的资本现在我要记录下。

7
他要把从前的各种故事和故事的孩子挖出来
使我观赏而我也是，我们彼此为彼此的故事
埋单，并发扬光大，继续补充。我们设想的
故事应该如此或不该如此全凭我们左右但是
有一天，故事本身按照它的逻辑成长了我们
又该怎办？孩子总要独立，爹娘总要老去总
要有一个故事没法编圆这时我们就笑，哈哈。
有时故事也会夭折当我们在中途打嗝、发困
我们说，睡吧睡吧，去他妈的故事谁还愿意
在这张旧床上为死去的时间张罗一件新衣裳？

8
我们的手机都曾在不同的时间不同的地点
犯过错误，这错误无意促成彼此的相知，这错误
有一张孩子的脸，无辜的表情，纯真的表情，失落的
号啕大哭的表情，都被这错误端现，我们各自
使用这错误共有两回并且各自暗中为对方加分
你 9 分我 1 分。我说我已百分百你说不，我说再多 1 分
我就要满溢而出而崩盘你说“不，你尚未到达
及格线，需再经受手机的第 N 次考验。”
——您拨打的用户暂时无法接通
——您拨打的用户暂时无法接通……

2009-07-20，北京

青海诗章

——2011 年 8 月 7 日 – 12 日，第三届青海湖国际诗歌节。一只豹在高原

1 少年忧伤的黑白眼神
我装着一个少年忧伤的黑白眼神来到青海
途经万里白云
和一整个西部壮阔的脊梁，我看到骨头的线条起伏在白云之下
那一瞬间我想呼喊，想抱住千山之外的小豹痛哭
我带着一头小豹清澈的单纯眼神来到青海
在离太阳最近的地方我们相约
不披挂任何金属的饰物
就这样直接，干脆，赤裸着余生的幸福
在青海无遮无拦的艳阳下翻滚
沉沉睡去。

2 高原上的大豹小豹
这是日月山
文成公主回望不到家乡的地方
这是她绝望丢下的镜子，哦，镜子，你日月的形状与世长存
这是农耕民族和游牧民族的分水岭
同样的牛，不同样的驱使
同样的马，不同样的奔驰
这是我们紧张到必须放松的时刻，我们匆匆前行的车轮到此必须

停下

必须有人把文成公主的雕像指给我们看
她必须温柔端庄
她必须洁白如玉
她必须把高原的大豹小豹驯服，让它们波动的心安定下来
她必须说，我爱你们，我的大豹和小豹。

3 右边的青海湖颜色不断变幻
大兵团的人都在左边
左边的青海湖青而且蓝
大兵团的人都在左边的青海湖拍照，留下青海湖青，而且蓝的影
只有右边的青海湖在静默中悄悄变幻身上的颜色
有时青，有时蓝，有时绿，有时黄
你和右边的青海湖打个照面
你看到群兽奔涌，青的是龙，蓝的是鲸，绿的是蛇，黄的是豹
在青海湖右边
你想加入这群兽的合唱，你是红尘中人，你喧哗，而孤独。

4 青海，开辟鸿蒙
连绵的，连绵的，蛮荒之山，山色光秃，而黄。
连绵的，连绵的，碧绿草原，草色青翠，而嫩。
连绵的，连绵的，矮树装饰的青山，树不高，山亦不高。
连绵的，连绵的，形容不出的视野所及，这一片连绵
这一片连绵又连绵！
静寂，除了我们的车队（车队能代表什么）
车队驶过，分开片刻静寂，很快会合拢
静寂，亘古的静寂，开辟鸿蒙的静寂
从西宁到贵德
我和哈森屏住呼吸，爱笑的哈森脸容肃穆

她和我一样被伟大的自然怔住
感谢青海——
我看到了人类来到地球前地球的模样！

5 黄河在贵德被颠覆了
清可照人的黄河
绿色的黄河
水流脉脉仿佛少女初长成的黄河
你何曾黄？黄河黄河
在贵德你何曾黄？
你绿
你清
你含羞，含情，含蓄，而美。你在我们的眼皮底下自顾流过
浑然不知你已颠覆了我们对黄河的概念。

6 圣境心绪。朗诵即景
这个夜晚高原有点凉
转经塔在那里
广场在这里
这个夜晚我们要齐聚高原
逐一朗诵心中的诗篇
能被汉语读出痛苦的也能被英语读出
能被黑人读出欢乐的也能被白人读出
你站在那里
可以是痛苦的诗
也可以是欢乐的诗。
你站在那里
可以想念小豹
也可以被小豹想念。

7 青海湖国际诗歌墙

在不为人知的角落
我签上我的名，我用红色的笔签上我的名一定有你的道理
我用你的道理行走在你余生的路上这样就能与你偕老
在不为人知的角落
我签上你的名，我用黄色的笔签上你的名一定有我的道理
我用我的道理领你行走在我余生的路上这样就能与我偕老
亲爱的青海湖
亲爱的诗歌墙
当夜晚降临，在不为人知的角落偷偷焕发熠熠光辉的两个名字
就是你和我的名字。

8 贵德国家地质公园

这流水的刻刀刻出的群山，这群山。
这烈日的利刃劈开的群山，这群山。
这狂风撕扯的群山，群山。
血染的群山，不规则体态的群山，狰狞的群山，想象在夜晚穿行并一定被吓到的群山。
时间的群山，与人力无关的群山，自然的群山，极端体验的群山我越看你越觉得自然的伟力。
我越看你越害怕人类愚蠢的水库大坝核武器。

9 生命源头的颂歌，与悲歌。兼致爸爸

爸爸，这个八月，我来到了青海，来到了生命的源头
这个八月，我失去了你，失去了生命的源头
这个八月，我感受到了时空的无垠
也确认了人世的短促。

2011-08-27，北京

小豹世界

（八月十六，农历）

1 月亮光光
半夜见你酣睡，面如大师
半夜见你宽额，大眼，大鼻，大嘴，真的面如大师
半夜微笑，想象大师在侧，他如今正经艰苦的跋涉
他必定得享丰腴的晚年
半夜见大师说梦话（小耗子出来了
小耗子的尾巴翘起来啦。）
见大师笑，而我也笑
半夜笑醒，月亮光光，月光下一具笑醒的躯体无知如我
单纯如大师。

2 完美
完美的居室需有白色沙发的客厅辅之以落地玻璃窗
需有原木衣橱的卧室辅之以可供两人依偎观赏的电视
需有可供安静书写的次卧辅之以一墙壁的书架和书
需有怒放的鲜花插满蓬勃的角落
需有随手可以抽出的水笔以便主人信手涂抹偶然的诗意
如你所想，完美的居室需有主人
需有男主人，也需有
女主人。

3 小豹世界

壮硕的小豹，它的大腿深藏奔跑的痕迹
它昂扬的头颅会在思想发动的地方鸣叫
激活死去的夜晚
我惊讶它的速度和敏捷
它处理虚实的能力
它完全可以独自构造一个世界但它愿意带我奔跑
携带着它构造的世界并允许我
自由出入。

4 好人

你是一个好人，你看到的我，也是好的。

5 日课

晨曦微露
我费力睁开眼睛
陪你做这人世的日课
你在前引导
我亦步亦趋
你有调皮的姿势
我有紧跟调皮而去的牺牲热情
晨曦晨曦
我们的日课持续多时
我们的日课地老天荒

6 孔子与颜回

你和孔子对话
我当颜回聆听
你为得孔子要义喟然长叹
我且学弟子三千彻夜苦读

7 幸福炯炯
第一天我走错屋子
一脚踏进影影绰绰的往昔，往昔荒凉
我从荒凉中捡拾到的往昔不可理喻
往昔不可理喻

第二天我擦抹窗台
一下露出白花花的现在，现在精致
我从精致中捡拾到的现在无比幸福
幸福得不像真的

第三天我把自己固定在你的身上
你驮着幸福你是一匹快马
快得只有一双炯炯的眼睛。

8 秋衣
木质地板进水了
我们顶着贴窗而进的暴雨和霹雳
欢笑中把整幢楼闹醒
你擦，娴熟的样子让我羞愧
你擦。我只负责夸你
负责来回奔走
为你披上秋衣一次又一次。

9 家庭学博士
家乐福超市，从今天起我要和你永结同心，把我的腰包出卖给你
让我在你透不过气的空间穿梭如家庭妇女。从今天起我要开始修习
家庭学博士，同时保持女性主义的心。

10 余生
远在天边月，近在眼前人。
余生，我们要加剧彼此认识，并缓慢地相爱。

2011-09-13，北京

澳角16节

1
路在海中，再长的路也有尽头，澳角的路
它的尽头是海——

再宽阔的海也有尽头

沿着澳角的路笔直地跑，就能跑到海里
沿着澳角的海笔直地跑，就能跑出东山

跑出世界。跑出地球。

2
一艘倒扣的船只在路边安静地趴着
它的木质衣裳已经旧了，还有些残破

啊大海，你已不能摔打它用你狂暴的波浪的手
你也不能欺哄它用你轻柔的海风神秘变幻的海市蜃楼

3
为什么我们看到的海湾都是圆形的
澳角海湾也是圆形的

为什么我们看到的鹅卵石都是圆形的
澳角的鹅卵石也是圆形的

为什么澳角渔民的脸却是方形的
我看到的许海钦
和许海钦们一直有着方方正正的脸，和心。

4
阳光一直年轻
大海总是苍老
澳角的木麻黄日日吞吐着年轻的阳光和苍老的大海
澳角的木麻黄，朝向阳光的枝丫是甜的
朝向大海的枝丫，是咸的。

5
上帝把澳角打桩一样敲打在大海之上
我寻遍澳角每个角落，一眼眼古井，一根根
上帝的钉子。

6
掀开大海的蓝皮肤
永远也掀不完的大海的蓝皮肤

浪花白生生的牙齿咬过来
澳角的孩子说，不疼，一点也不疼！

褐色皮肤的澳角的孩子
蓝色皮肤的大海的惊醒

夜晚，澳角的孩子睡了，海也睡了
孩子睡时无声，大海睡时唰、唰、唰，有节奏的
大海兵团，在行进。

7
在澳角，每一张椅子都是树木贡献出的躯体
在澳角，石头的椅子也要伪装成树木或者说

石头本是树木
树木本是石头

譬如树化石，譬如煤。

8
海上有各色各样船就像地上有各色各样人。

9
远远望去，渔船在海上就像一块块石头
一块块移动的石头

一块块移动的石头避开一块块移动的石头
一块块移动的石头也避开一块块不动的石头。

10
他们把海围成一小块一小块的农田
这片广大的海域，有比陆地更多的农田

澳角的渔民
一生在农田耕耘，个个都是圣地亚哥。

11
海鸟在此岸刚做出欲飞状
对岸的桉树叶便闻风而动，把巴掌拍得哗哗响。

12
悬空的树枝和树叶
在你的镜头中有点突兀，显然你没告诉它们
你把它们从树身中切割了。

13
天涯澳角。

14
再自由的大海，也要受制于潮汐的规律
再蠢笨的渔人，也知道大海何时潮来，何时潮走
澳角渔村
是澳角渔人建起来的
也是大海，建起来的。

15
大海的每次回头，都使它离岸更远。

16
海晏河清
保佑鱼儿茁壮成长，保佑澳角渔民平安出海
平安归来，归来鱼满仓。

2015-03-21，世界诗歌日，北京

苹果园截句

1
你替一群苹果
发明了一座园子，那趟地铁开出了

2
行走在这条路上的幽灵
上唇和下唇拍打着，发出漫长旅途的饥饿之声

3
小琪和陈唱在过山车上欢笑
佳宇捂着眼睛，脸色煞白，在尖叫，佳宇在我旁边
佳宇不在过山车上。

4
这个磨叽的中年男人迄今单身
他想要的完美女人尚未出世。

5
天天都有死亡课程。
天天都换授课教师。

6
松针淹没了你的脚

松籽吐出了松树，和你的感叹，松影这么长
你这么短。

7
心脏更快地接受窟窿
思想更快地接近迷狂
人们在狭小的一号房间里堕落

8
她身子一闪，就躲进了坟里
夜晚是一场病等待天亮治愈

9
……

10
我是从屈原的诗中
认识这个词，这个地。

11
我们只是搭伴
天亮以后说分手。

12
追光的人听见风叮当作响
青春的烈焰最先吞噬的，是青春自己。

13
钱币。石头。十字架。
穿成一条项链，老虎盯着我的脖子

我们快跑吧。

14
西川用英语说
今天我们的会场来了两个诗人：
山西潞潞，福建安琪。

西川为什么用英语说？你猜猜。

15
带我到雷声闯不到的高处
三月宽广：那混沌中是谁的翅膀？

16
残荷的梦不停地流泻，忧郁也有了
切割空气的手也切割我。

17
仿佛我不停地被健康的手抚触
又不停地被推开！

18
长满藤蔓的墓园，蝙蝠在走动
蝙蝠有病，还是神造出的光辉有病？

19
登台朗诵时才发现两个字不认识
于是我逃出了梦境。

20
返回如同超越，知了攀缘而上
我突然看见天才和馅饼，天才沉沦起来

21
黎明吐出露珠，我又来献出自己了
欢喜的继续欢喜，但风在挖，婴儿在哭。

22
她细细的嘤鸣软软甜甜，像光
填补了午夜的黑暗。

23
我迎着你张开翅膀
我有点累了。

24
那石柱涂抹出的暗影拉长了
你和你所知的世界，的距离。

25
不过是意料中的绝望
不过是两头游动的鱼掀起的细小线条

26
那黄昏人混合着一点青春气息

27
木锯在空中划动
多年前的一个语词渐渐长大

他飞速的身形让你喊出
你不想喊，的声音！

28
几乎是在未知中
几乎是这样一个人肯定了，落日的方向。

29
但远乡太远
但远乡从不把梦幻，和我所需要的承诺表达。

30
我收拾月光书籍
像收拾多年前的一次激情，一次青春的噩梦。

31
就让这一滴水滴进
我深居简出的日子

32
我进入写作的喜悦和自戕
我进入的姿势使遥远的故乡狂乱

33
那是一些
被文明抽去肠胃的人

34
我把我的恐怖给你

雨在落
于是我把我的波动给你

35
当我走了
你用沉默尾随我

36
因为头顶的一圈蓝
天上的一环天

还因为
心灵深处涌起的神秘，与危机

37
光在跺脚，在我的手指上

38
呼吸的一片绿
几行刮起又刮落的风

39
一句诗找不到说出的口

40
她唱着：不哭不哭
像一双慈爱的手

41
今夜两个女子来回流泪

一对光明的眼珠

42
她青春的容颜
像音色的芬芳
放射出一丝疑虑的光芒

43
我看到蜻蜓轻轻翩动
像一首诗找不到
停歇的纸页

44
傍晚
一个秘密被置放，在空白角落
一个秘密被提前支付

45
而我正好经过

46
啊，空空的杯子破碎
仿佛无辜的少女自杀

47
不止一次我被热情引向：绝望
意外，和无力。有如颠覆的一句唱词。

不止一次我触摸火焰黯然的身影

48
我就在黄昏掌边
经过的事并不需要注解

49
那些月光的梯子伸延下来
是可代替，攀登的脚，练习的手

50
我幻想
团结一切，可以团结的人。

51
找出文字的空气，性别，和心
找出时光的枝梢，方向的方向

52
道德就在尘埃中，隐隐地疼

53
钉子。它意志的一面
配合着击打
并且是反叛的。

54
那些奔跑的梦和幻景
我伸手够不到它们

55
我唯一的动作是把爱情分成等待

与等待两份

56
自由的飞翔者
类似一个婴儿松弛的睡眠

57
风吹散我的完整

58
无水的村庄黄昏只是一座空剧场
并且散发着清凉

59
把灰暗的词从电话里清扫出去
一把手术刀裸露我的性别

60
一个生来就坏的人喜爱修补，在命尖上哭丧
接受针密密的抚摸

61
你追我赶
你将在我身上造出一个你

62
怀揣疾病的愿望我相信直觉的砭石
时间是过期的床

63
你搀扶新意象
依着它，就能死灰复燃

64
那晚我们朗读
水果和梨和柑，分不清前鼻音和后鼻音

65
时间不是文字
不能让你分段保留

66
幽静仿佛用上一只獾的力量贴住一个人

67
太阳冷不防会枯萎到底
偶尔是有沾蜜液体充作早晨的炊烟袅娜升起

68
风停止喘息
破烂不堪的风没有长舌舔食蚂蚁

2016-03-20，整理

凉山行

1
彝女有细瘦的腰
彝女有张开的裙
西昌机场的彝女，只把她的后背
呈现给我：黑色的，令人遐想的，雕塑。

2
环绕西昌机场的植被们
深绿，杂乱，一股莽莽苍苍的野生气
我长吁一声，呀
古老的大地，未被现代篡改过的遗迹

3
然而这只是一种幻念
钢筋水泥建筑的屋舍，满街滴滴叫的车辆
西昌，西昌
终究和我见过的内陆城市，无有异同。

4
但还是有彝族元素顽强地渗透
房檐上的装饰，街道两侧的招牌
路人女路人男的头饰、衣着，和黝黑的脸
消瘦的躯体，西昌，你终究是凉山彝族自治州的首府

5
金龙客车奔驰在西昌路上
福建的金龙客车奔驰在西昌路上
来自福建的我，奔驰在西昌路上，车身贴有
一薄膜：2016 西昌邛海“丝绸之路”国际诗歌周

6
邛海？邛海是什么海？
邛海，邛海并非海，而是湖。古称邛池
是四川省第二大淡水湖。第一大叫什么？
第一大叫泸沽湖。

7
邛海在凉山
泸沽湖也在凉山
邛海在凉山西昌
泸沽湖在凉山盐源

8
邛海和泸沽湖，一对好姐妹
西昌和盐源县，一对好兄弟
从邛海到泸沽湖，八小时车程
从盐源到西昌市，车程八小时

9
贪婪地望着车窗外
狠狠地吃进异地的一切，造型别致的公交站台
每一个站台都空荡荡的
贪婪地望着车窗外，这是我在异地的常态

10
视每一个外出的日子为节日
多年以前我如此写道。20 载已逝你并无长进
超脱不曾有，看破不曾有，依然视
每一个外出的日子为节日

11
只有当你完全把心转向你所在的地方
这地方才会反馈给你它的全部，这个六月
你先走了鄂尔多斯，再走西昌
亲爱的你要把心从鄂尔多斯，转到西昌

12
街景宜于走马观花
思念属于想爱又不能爱的人
西昌不是你到过的任何地方
西昌又是你到过的任何地方

13
一个城市，在心里存放了 24 年
便像养了 24 年的孩子，你熟悉它的每一细节
一个城市，因为一个人，被你存放了 24 年
四海之内皆兄弟也，今天我来西昌，来看兄弟

14
因此在安哈彝寨
我们不由得拥抱在一起，我拍拍你的脸
你拍拍我的脸，发星我的好兄弟
你果然像我想象的，一点不差，你就是我想象的！

15
必须先把自己安顿在某处
才能去见你，鹭洲湿地酒店，我命定要与你结下
两夜之缘，所有我曾居住过的酒店
都是我漫长灵魂的短暂根据地

16
通往安哈彝寨的路上有西雅的微信一路跟随
西雅西雅，你从福建来，最后定居此地。我
从福建来，最终必然要离开此地。西雅西雅
你的微信追着我从北京到西昌，始终没追上

17
雨赶着我们又被我们赶
西昌的雨总是不宣而战，又总是不胜而退
西昌的雨，原来在和阳光捉迷藏，一道光
扫来，雨就跑了，反反复复中我们明白了

18
即将到达的安哈是彝人们的乐园
即将到达的安哈在螺髻山名胜区腹地
螺髻山在你笔下，螺髻山在你诗里
即将到达的安哈有你在等我

19
安哈彝寨。木钵盛菜。
马什子喝汤。竹竿喝酒。
肥而不腻坨坨肉。
清甜去火荞麦饼。

20
安哈彝寨，妇人坐在水泥地上织布
红色摊放在腿上，黄色摊放在腿上
黑色摊放在腿上
妇人有肥硕的小腿，麻利穿梭的肥硕手

21
安哈彝寨，老人们清 色瘦
矮，黑。沟壑纵横的脸，恍如枯山水
老人们携孙抱崽，挤挤地坐着
人人脸上，不惊也不乍

22
到安哈彝寨，攀螺髻雄峰
到安哈彝寨，探千年溶洞
到安哈彝寨，宿彝家村寨
到安哈彝寨，品山野风情

23
彝谚有云：有酒的地方有朋友
彝谚又云：一杯酒是金子
两杯酒是银子
三杯酒是马尿

24
……

25
……

26
有人命定是要为一个地方代言的发星说
这辈子我哪儿也不去我就在这里发星说
这是一块丰盛的土壤适合诗和歌的生长发星说
来吧来吧你只要来了必有神奇的诗思肆虐发星说

27
兄弟你从哪里知道我才思枯竭已有多年
兄弟你知道我曾说过如果有一天我活不下去了
我会到凉山找你请你为我盖一间茅草屋我愿在此
栖息写作。是的我记得，我一直记得要为你盖间茅草屋。

28
兄弟从开始写作的 1990 年代我们就互通音信
我知道凉山有你仗义的兄弟你曾帮助过多少人
你还在帮助多少人！所以我认定
有一日我在北京活不下去了那能帮助我的一定是你

29
当我们在安哈相见彝风浩荡
当我们在安哈相见凉山五彩经幡默诵祝词
所有心意相通的诗者都要从前世赶来
所有情怀相融的歌者我们在今生久别重逢

30
……，在彝寨我要信仰什么？
小麦在摇晃，经幡在飘，风在动，去信小麦，去信经幡，去信风。
……，在彝寨我要信仰什么？
先人在你前，先人在你后，先人跟你走，去信先人，他们未曾逝。

31
灵魂不灭，男女有别
……
灵魂神灵魂神，请保佑我健康，保佑我生育。

32
灵魂有两种命运
一种变为鬼神，一种超度到木石哈母
和祖宗们会合。无论哪种命运，都是
带我们到今生今世的亲人

33
……

34
……

35
敲起格则咚咚咚
吹起玛布滴滴滴
弹起月琴伊呀呀
放开你的歌喉，天上的神会接住它

36
像动物一样凶猛
像战争一样血腥
像丰收一样欢庆
木鼓舞跳起来铜鼓舞跳起来我们跳我们跳

37
篝火燃起的瞬间
孩子们的笑脸亮了
老人们的皱纹亮了，牵你手牵我手我们围着
篝火转，转出人世的烦恼，转进人世的欢声。

38
啊蛮荒气
茂密的植被未经规范
茂密的植被肆无忌惮地生长，朝着不同方向
茂密的植被明显是吃透了阳光和水，长成的

39
但我已不叫阳光为阳光
我叫阳光为铜血，青铜之血倾泻而出
我已不满足于常见的俗词俗句
我会一直生造我自己的词自己的句发星说

40
发星你看那头鹰是不是彝族的图腾
彝族的图腾很多不止是鹰，虎、火、酒
雪、鬼、诗、山、情、灵、狼……
都是彝族信奉的

41
发星我也要像鹰飞起你看我张开双臂像不像鹰
不像因为事实上你并没有飞起。事实上火把广场的
鹰也没有飞起它被做成雕塑放置到广场入口处
做成雕塑的鹰不是鹰，鹰在你视野不到的某处

42
做成雕塑的虎也不是虎
当众人攀爬到虎背上摆 POSE 拍照
那虎已不是虎它是悲哀
于是我和虎的合照也是和悲哀的合照

43
同样
被做成雕塑的火也不是火它只保有
梦想的形状，梦想就是火尖上的火
我曾经站在火尖上，你现在还在火尖上

44
索玛音乐厅我和龚学敏不期而遇
17 年了任岁月再手下留情也留不住你的青春
我的青春。我们初次相见在藏族之地，我们
再次重逢在彝族之乡。

45
四川，四川，这么多民族，这么多地貌
人在四川是有福的，龚学敏你是有福的
索玛之夜，长相各异的语言在此交汇互诉衷肠
我想得更多的是，下次再见龚学敏莫不就在羌族之地？

46
……

47
……

48
2016 西昌邛海
丝绸之路国际诗歌周，论坛主题：
诗歌的地域性、民族性、世界性
“火向被俘的风背诵某个别处”（勒内·夏尔）

49
有人在中午小憩
有人在中午加班
有人在中午不知所踪
只有我在中午秘密行动，叫了一辆出租直扑邛海湿地

50
邛海湿地
仿佛游离出西昌的另一方天地
此处寂静，自然大于人
此处奇异，对岸密集的建筑看上去像在另一个世界

51
邛海湿地
我想绕着你兜一圈但时间不允许
透过观海路丰茂的植被
我把依稀看到的你当作最珍贵的记忆带回北京

52
采访阿来
采访刘文飞
采访耿占春
采访吉狄马加

53
吉火阿且
你对摄影几乎是虔诚的感知
使我得到了此行最为完美的一张相片
你说你也想北漂但放不下家中的妻孩

54
吉火阿且
你神秘地告诉我有防止高原反应的良方
前提是我要信任你。我小心翼翼地问那是什么
你跑向你的摄影包，拿出了四片西洋参

55
彝人制造
太阳部落
山鹰乐队
让我们回去吧，回到彝人的歌声里

56
流星划过的时候
我的身体，在瞬间
被光明烛照，我的皮毛
燃烧如白雪的火焰（节选自吉狄马加《我，雪豹》）

57
有一条路躲在西昌到盐源的大山间
有一条路在西昌和盐源之间转啊转啊转啊转
有时 90 度有时 180 度有时 90 度 180 度连着来
有一条路转晕了你的头掏空了你的胃那就是西昌到盐源的路

58
爱晕车的人晕车，你继续晕车
爱高反的人高反，你继续高反
蜀道之难，难于上青天
也难于上泸沽湖？

59
死如睡去 8 小时后的泸沽湖
晚上 8 点却依然天光炸裂的泸沽湖
揪住你的心往宽处拉的泸沽湖
一车人惊叫纷纷用相机装起这一水静美的泸沽湖

60
……

61
……

62
藏歌高亢热烈
彝歌抒情浪漫
唯有蒙歌，兼具二者之长
我爱藏歌，我爱彝歌，我更爱蒙歌

63
地地道道的汉族女子
16 岁被当作现代王昭君嫁到泸沽湖
成为土司的王妃
成为最后的摩梭女王

64
16 岁的汉族女子肖淑明
嫁给了摩梭土司后就叫此尔直玛
就长出摩梭人的脸
她说，人生如三节草，谁也不知哪节好

65
篝火燃起的瞬间
泸沽湖的鱼群亮了
诗人们的喉咙亮了，舒羽你说这神秘之地
适合朗诵神秘诗篇，于是你亭亭玉立，释放胸中的猫。

66
篝火燃起的瞬间
没有喃喃祝颂
没有鼓手没有李成没有大九没有疯狂迪斯科
篝火燃起的瞬间我有些恍惚，此地泸沽湖，不是恩格贝

67
篝火燃起的瞬间我想哭
我喜欢一切形式的篝火
生之尽情尽兴，死之灰飞烟灭
我愿意这样活过我来尘世这遭

68
篝火燃起的瞬间我说走吧走吧
再热烈的篝火也抵挡不住泸沽湖四面的风急急赶来
夜已深了，寒气透骨

我终究不能像篝火一样活着

69
泸沽湖。草海。真的是风吹草低的草。
我们是羊，却不敢走进草里。我们在
船上，这一片茂密的草，高过我们的
草，只管自生自灭，成为湖的腐殖质

70
泸沽湖。亮海。波平无痕。
湖上星星点点的海藻花又名
水性杨花：花门只在太阳出来时才绽放
太阳下山后花门就关闭。

71
通往美的路途是漫长的
离开美的路途，也是漫长的。只有美是
短暂的。在这短暂之美中我遇到美中美
一个彝族小伙迟疑着向我走来

72
您是安琪老师吗？
是的我是。世界之大，你我素昧平生
我这泸沽湖的匆匆过客竟然被你认出
什么也不用说，以书相赠，这偶然的必然

73
若是真正有缘人
在山那边，在湖那面

在灵魂的牵引下
我们会再次相见……（节选自沙辉《烟雨中的泸沽湖》）

2016-07-05，北京

辑二　散文诗

大胸怀

1

我相信夜晚会帮助每一个诗歌中人找到通往时间的地图。心灵在渐渐聚合，最初是一些灰尘的脸孔，然后是建筑的砖、瓦，和基础水。我先让自己的手放松，像是和多年未见的老朋友重逢，太过激动往往无可表述。然后夜晚的魔力开始施展：羊群一只只从天上下来，细小的体验皮肤一样蔓延，风是纯粹的符号……那些模糊微妙的声响在引领我，使我成为每一首诗作的理由。

2

夜晚有一个大胸怀，它就站在墙上，人群的幻影和海难的气息，无数世纪空气的残骸都在它的躯体间演变、操练。夜晚收集了屈原的湘君、李白的黄河、庞德的比萨、艾略特的荒原，因为在夜晚灵魂是不需要道路的。他们自由穿梭，每一瞬间都是他们的出发点，每一个爱诗的人都是他们不朽的诗魂愿意归依的所在。相对于白天的嘈杂奔忙，夜晚更显得不及物，我时常在夜晚打开语言的盒子，感到它们不安分的眼睛和动作多么像我调皮的孩子。我把它们招拢过来，或被它们吸引而去与它们一起做游戏，模拟吃饭、睡觉、拔水母。艺术的最高境界就是玩，一种自如的随心所欲的感觉多么到位。诗写也是如此。所谓状态，所谓文章本天成。我害怕这样的情境，一个个词坚硬得毫无表情，即使我把它们拿到手了，也像衣服穿反了一样感到别扭。每一首诗都有它的骨头和肌肉，每一首夜晚生成的诗都有它不可替代的增值效果。夜晚是主观世界大于客观世界的存在，同样地，夜晚也是人得以证明自己的实际表现。我曾读过这样一篇文章，说的是只有人才能把夜晚化为己有，因为人发明了电，在电之前是蜡烛。而其余动物只好按照生物钟生存。也就是，夜晚是完完全全属于人类杰作。

3

毫无疑问夜晚也是很多人浪费生命的大好时机，死亡的阴影在包围寻找，那些不珍视夜晚的人是提前腐烂的人。我考虑应该往夜晚添加什么，我当然不能保证自己的每一个夜晚都是新鲜的充实的经过强调的，但我愿意永远提醒自己，如何处置虚无，如何在阳光休息的夜晚制造阳光，用诗，用非同凡响的激情闪现。一个意象就是一个转机，一首诗就是一座天堂。我有时会在宽广的设想中迎接到恒久的诗歌光亮，它甚至启发了我足下斜躺的拖鞋，和那只懒洋洋的小爬虫。

这时候夜晚是扩大的，又是浓缩的。它表示我作为自己的主人已经在这个错综复杂的时代把自己清理出头绪，至少我平庸的外表在此刻突然被赋予诗神的面具。枯落的花瓣又回到枝上，思想回到大脑，颓废回到健康，眼泪回到眼眶，活跃的元素由此得到还原。诗在夜晚凭借它精神的强力、哲学的亲在和语言的撕扯让我区别出幸与不幸。

4

我感应到夜晚的极致，仿佛也于此拥有夜晚的大胸怀。夜晚是包容的，原生的，纯粹的人的世界，万物睡着了，醒着的是星星、太空波，和诗歌器官。我研究夜晚的寓意就好像鱼指示了水的存在，蚂蚁确认了大地的触须。我去过夜晚加工厂，那里常年生产着一种叫作诗歌的东西，我看见自己混杂在这些生产者之间的背影，始终无法肯定这是不是真的。

1999 年，漳州

春天的迷狂

1

春天对我而言总是与迷狂和凌乱交织在一起的。街上匆匆的人流在变暖，夹杂其间的红黄蓝和日渐变薄的风一改寒冬的阴冷色调。我甚至听到了每个人渐渐复苏的心在嘶嘶作响。这个时候，我爱骑着单车懒洋洋地穿行在城市的大街小巷，脑中掩盖不住兴奋过度的麻木。我通常在这样的夜晚胡思乱想：我爱春天的夜晚，桃花灿烂，所有疯狂的细胞也在跃跃欲试凸显着生存的迷梦。这仿佛是诗写诗想的绝好时机：春天，春天，水仙怒放，时间的流程变得迅速而可爱。

2

我的眼睛在春天看到了三种表现：偶然，面影，死亡。我无法知道万事万物的初始，蜗牛沿着梦想的轨道蠕行恰似一个婴儿不可扼制的啼哭，一切都有一种不可知的意味。我会在这时跟随欢乐的纸张进入情绪，我面前的纸张呈现出空白所能具有的意味，它那么空，那么白，像一只逃离所有亮点色点的蝴蝶，静静地不为人知地翕动着呼吸的羽翼。它等待着我用情感灵感的笔划破它的神秘？我轻轻地叹了一口气，我无法肯定我的落下带给它的是欣喜的一刻，还是死亡的一瞬。我终于知道我对自己信心不足。

3

曾有多少次我在幸福的边缘擦肩而过，生命是一个谜，夹杂着夏的火焰、秋的清凉、冬的干渴。我的心啊，却只为春停留。我爱这春天的迷狂，它让我在疼得发疯的当口流下热泪。我的血液不属于我了！它奔涌着，像做错事的孩子，不要在这时惊醒它吧，不要说：生存严酷，大地假象。时间的潮汐来了又退，只有痛苦深藏其中。我的思想维系着春天的迷狂，春天热烈，我看到笔尖的“尖”穿膛而出，它穿透四季的帷幕，和人类永无终止的现世之夺，只把红和一种激情的燃注入其中。

4

它要说，请让死亡的脚步慢些，再慢些。我们承受不起灵魂无所归依的过去，我们的生命弯曲着，只有精神之实才能使它伸直。更多创造的冲动在春天达成，大脑、飞机、图片、朋友……一切不相干的事物还原成一个个可以触摸的“词”。哦，词语说话，石头也要说话。我的想象在自造的幻景中看见了它们。

5

这就是精神的力量！文字之蝶优美起舞，它最终要从死亡中合拢，它最终要克服恐惧与忧伤，因为，我们已穿过虚构的冷漠的死亡隧道。我们的心，在春天的迷狂中意识到彼岸的实在，时光的永恒相连！

2000-01-02，漳州

整个世界都在它面前敞开大门

1

我看到时间就睡在清冷的柠檬树叶上，一天也不可缺少的时间就这样停顿了。我们已经长得很老了，新鲜的水分不断出现又不断折磨、枯萎。尽管在脸上它们依然放光，像空前绝后的物质失去自己的审美范畴，我还是听到内心的街道急速驶过一辆过时的马车。

和所有疾病一样，我疑心肉体的关怀会随着纸张的飘荡而渐渐褪色。天空拉开消瘦的一角，收集诗歌的人把隐在黎明的指头匆匆收回。等待或转身起立？灵魂的影子重叠着，暗示关于不安想法的秘密。我先翻开它：爱分割的部分喂养了夜晚的鱼儿和辗转反侧的叹息。然后就是碟中的哭泣。月光在拥挤中显得疲惫，每一颗星球的命运似乎赶写着焊接不了的裂缝，存在就在存在中！

2

尘埃和理想主义者的精神晚餐同时飞向远方。只剩下证明，风是否留过符咒？圆砖是否连绵起伏地改变世界？我看到闸门的闭合像意志的轻便化妆适宜葡萄和感知，真实的接触是其中幻想的激情的表现形式。我看到停顿，时间不声不响，一个单纯的孩子就是石头光洁的皮肤。如同后花园里跌落在地的视线被凌乱地堆积，无数双布鞋的擦痕携带着蚂蚁的叫喊高傲地和它们做伴。这是简约的微笑，忧伤的功课引领我们：越过欲望，沿着大地形状的树枝你就将获得源源不断的力量。

3

一个动作就像一次出生，一个人就像一场事故。天真的玻璃总是不甘寂寞，它已为温暖预备了破碎。梦从脑子里醒来，一只辛味的小笼是它的家。我清楚结实的幽静的另一张面孔，像饥饿清楚惊恐的眼神，火焰清楚湿漉漉的谋杀。记录是没有的，爱情的事业训练我们夸张的调查，和顽强的承纳失败的经验。一切好像全都发生：钉子钉入天堂，使亲热疼得发痒；灯盏注入毒素，使赞美变成怪异。卓越的也是扭曲的，隐约合作的企图晃动着，游过细菌部落的村庄。

4

时间接近潮湿的凝固，我把它比较了又比较，最后肯定“诗歌的砖瓦砌成虚弱的房间”。我走了进去，鲜血已调到可以抚摸的温度，舌头在空空的桌面上接受打理，像有助于愉快的玩耍。呼吸和橡皮泥交错着被安排了蓝色的图纹。这是思想突然澄澈的标志，一个个闷热的词为着思想工作，一个个思想的词脱下油腻的外衣，至少有五次我看到停顿。

5

我看到诗歌迎着阳光和精神一起放牧到天上。天上的街市也是人间提灯行走的骨髓。清洗过的玉米像金黄的纽扣，爱情又像闻风出动的意外，我感到灰烬踩在上面的痛苦。风在计算着春天的步伐，许许多多的风需要更多假设驱赶春天到达“虚弱的房间”：是的，爱情从哪里开始？时间比喻性地化为美好的祝福。

它跳跃的瞬刻连同周围已经空掉，需要一次停顿来增加时间的重量。我看到修锁人胳膊里夹着的小蜻蜓像一把翅膀形状的钥匙，仿佛整个世界都在它面前敞开大门。

2000 年，漳州

海世界的地图

这地方习惯称为“抽象画廊”。

我们到来的时候，风夹带着淡蓝的鱼腥味和新鲜的阳光的抚摸把那些没见过海的诗人们激动得脸颊都变形。

只一眨眼工夫，他们就赤裸着双脚浸入海里，像没见过雪的南方人一样捧起水一阵狂喜。这地方有一个容易产生联想的名字：六鳌。是漳州市漳浦县的一个镇。也许传说中它有过六只鳌观临的历史？

我早已从各种报纸杂志获悉六鳌有一个令人讶异的新景点，似乎是岩石上刻满图案，形成抽象的事物的形状。对海，我并不陌生，所以我一到目的地就直奔主题，竟然也是大为震惊地待在那里。海世界浮现出来了！

这是一个怎样的海世界，岩石并非通常所见的黑褐色，而是乳白色或纯白。它们参差不齐地堆叠成一道幽深的峡谷，恍然是神秘科幻片的现实摹本。

我们在这神秘迷宫中穿行，时常感到仿佛走进一个史前文明时代，声音在渐渐消隐直至于无，剩下的就只是逼近，逼近，一块块未知的存在涌过来，又绕过去。而最产生奇迹的还在岩石上嵌进的奇形怪状的红线条。这是一些非人力杰作。数亿年前，这些海中的岩石究竟经历了哪些变故，使它们白皙的肌肤留下如此累累伤痕？或者它们原本不是大海的残酷，而仅是外星文明或史前人类刻意而为的标志？我们逐一凝视它们的笔画：大写意，抽象派，超现实，后现代……所有可以使上的词汇也无法呼唤出它们的应答。

这片恍如外星体科技实验的构思建筑而成的抽象通道，又恰似海世界的丢搬运到陆地。

它们沉默地伫立在海岸，有时是一个箭头的指向，有时又是仰天长啸的母鹿。也许一根线条就是一线揭示海底世界的希望？

我不相信它们只是一堆毫无知觉的岩石，当我轻轻贴身而上，呼吸染上疑惑，我无限放大的心在倾听，在提升，在瞬间的感动中饱含热泪。手湿润得像握住大海的命脉，一个潮汐的起伏从很远很远的天地传来，应和着我们日益灰烬的目光。

失落的家园从这片海世界中破译了什么？当我们离开，会有栖息在海底的生灵过来洗刷它们被污染的身体吗？但我是带着怎样的虔诚屏住欲望啊！

2000 年 9 月，漳州

异乡传

1

你决定乘火车而非飞机离开此地看来是因为你可以在故乡的土地上多加流连，你对你将到达的异乡已不像6年前那样充满攀登灵魂珠峰的渴盼和铺展生命的自我期许。当然，你也不疲倦于继续和异乡相依为命。相对于死亡这永恒的故乡，所有尘世的每个角落都是异乡。你将继续和异乡相依为命，并“作为一种想象的行为的相关物而存在”（萨特）。

2

列车驶过时/窗外的山，山上的草，居然纹丝不动/寂寞啊/寂寞，寂寞离我不远/就在车窗外。（《七月回福建的列车上》/安琪 2004-08-14）

——2004年8月，你的生命截然分为上半生和下半生，发生在上半生的许多事，譬如你与某人的认识；譬如某条乡村土路上破旧公交车四面漏风的哐当声响和车上乡村男女教师被青春激情激荡的脸，欢笑着，并未被不合时宜的思想所侵害；譬如，懒懒散散的文化部门下午三点半后陆续而来的同事包括你自己；譬如……种种譬如在今天看来，真的已不存在，你已不是上半生的你，在不同的生命阶段中，“与生存紧密联系在一起的，是另一种东西”（雅斯贝尔斯）。

他们的生命是延续的，你是断裂的从头再来的，你才6岁，不应该记得太多前身的事，你要把今生认识的人当作亲人，把过去的认识遗忘。

3

“一切还将继续！”惯于使用感叹号的老巢在QQ上如此回答关于异乡生活的问题。这个把你接生到下半生的人，你已许久没有从他的话语中汲取力量，太过熟悉了，以至于你都要不记得每逢你在异乡遇到困惑你总要对他说，给我力量，让我重新开始。

那么今天，当你踌躇着在返回异乡的思绪中焦虑时，你需要他说，一切还将继续。需要他说，我在家看奥运。

你想起了你的亲人，一个叫老巢，一个叫刘不伟。他们和你的家，中视经典。

4

队伍并不漫长，是你的恍惚使你觉得漫长。而中午老家文友接待你的宴席上那一杯红酒在挥发出它的晕眩的同时，也把曾经新鲜活泼而被你故意扼杀的往事局部救活。

——“突然绝望。”

——“没来由的吗，是不能上网的缘故吗？”

——“其实经常绝望。只是这个月好些因为有你们。”

你在绝望的瞬间想到的那个人肯定是你内心认定值得信任的人，你想到了顾北，你知道他必不会拒绝回答你的短信，你在发给他短信的瞬间意识到了为什么是他，而不是别人，和你合作完成了一首幻想性先锋实验文本。一切皆有理由。也许他不是最机智最聪明最有才华的，但他是最合适的，他的手里，握有一把朴素的钥匙，它正好可以打开这间蕴含暴风骤雨的工作室——它远离人世太久，已经被一个个绝望的瞬间交织编辑成一道隔开有限自我与无限自我的距离：它几近成功地把你窒息在它的篱笆中。

“我们在一个不可解脱的三角中同世界和其他人纠缠在一起”（梅洛·庞蒂）。

5

前天，就在厦门，就在你的好朋友的同事身上，发生了一件重大的事，她跳楼自杀了。比我和我的好朋友年轻两岁的躯体，身裹轻盈的白纱衣，自八层楼高的午夜阳台，飘落于地面，与死亡，做了永久的亲吻。那鲜血的气息，久久弥漫在你的好朋友的脑际，使她悲哀得拿不起笔。

“互相偎依，不可自决。”你在获悉这个关于死亡的真实案例时给朋友发了这个短信。

“是的，无论如何都要好好活着。”你的朋友回答道。

所有的自决都只发生在一个闪念，如果有人，与你共同承担这个闪念转移你心绪不宁的此刻时光，死亡便无法靠近你。死亡喜欢形单影只的人。

6年了，你几乎是在形单影只中度过，你经常是左边一个人没有、右边没有一个人地行走在北京的胡同、高楼、景点间，好在你有无数翻滚的潮汐涨落在你的脑际，你从不让你的脑子有片刻休息，或者你头脑里有无数的小人在争辩在打架，它们累了的时候你也累了，于是你睡了。你在宽广无比的睡眠中停止了无望的恐惧和不想承认的对过往的回望。

你有足够的理由不应该存活此世，但最终，自杀的，都是那些本该幸福美满活着的人。譬如你的好朋友的同事，她有漂亮的容颜，过人的才华，领导的赏识，丈夫的厚爱……她有一千个快乐生活的理由，却只需一个理由就可自杀，该理由就是，毫无理由。

6

绝望的瞬间有一个你可以想起的可以发短信并且会回你短信的人，你就没有理由丧失继续存活的勇气。上帝造就你的躯体不是让你用来自决的。上帝造就了你，也会造就阻止你自决的人，倘若你有幸，你就将在生命的每一时段，遇到那个，阻止你自决者。

时至今日，我庆幸自己一直在遇到这样的人，可能是老巢，可能是顾北，可能是年月，可能是刘丽英，可能是向卫国，可能是张德明，也可能，是某个死亡路口默默等待我靠近的人，一定会的，他/她在下一个路口等我，预备唤我走出死亡布下的悄无声息的暗影。

把孤独的牢底坐穿，才可下笔。

7

要怎样才能消除你们的成见，诗歌，已不是我活着的理由。也许当年是，但现在，真的不是。我知道我的命定有我不知道的去向，我对我的命充满好奇，我用这具躯体跟随它，如果你有耐心，就请跟随我，让我们看看，我的命将把我带往何处？

我的文字只用来记录我的命，我是个不顺从命运的人（闽南话“吃命赢过吃硬”，意为命好胜过好强能干，回首至今，我恰好一直在吃硬，所谓屡败屡战），我的文字不是。

“她要将诗歌的写作史纳入其个人的生命史”（杨庆祥）。

8

“我的命不会带我到任何坏地方。”（安琪 /2001 年）

9

“我的命会带我到任何好地方遇见任何人。”（安琪 /2002 年）

2008-08-24，回厦门休养中

在大青沟

在大青沟遇见水曲柳，它不像一棵树而像一捆生锈的绳子

在大青沟遇见黄菠萝，它有深深的眼睛这眼睛阴湿而没有眼睑

在大青沟遇见紫椴，紫椴与紫椴之间巨大的蛛网静静等待世界自投

在大青沟遇见白皮柳，蒙古格格塔娜说它的树皮可以食用我小声询问这得腌制吧

在大青沟遇见黄榆，老榆树老榆树你是愿意在此枯死还是随我到京城当一把椅子

在大青沟遇见金银花，它们啪嗒啪嗒迎着风张开翅膀每一朵花心都住着一个小魂

在大青沟遇见北五味子，它要我说出哪五味我答金木水火土它回我以大拇指

在大青沟遇见东北天南星，此星非彼星，此星为草本植物，叶片呈鸟趾状全裂，可入药

在大青沟遇见桃叶卫，亲爱的别来无恙，槛内人来此拜会槛外人很快复要回归红尘……

2016-08-23，北京

奈曼怪柳林

我喜欢异族特色的地名。譬如奈曼。

它让我想到一个少女婀娜的腰肢，和她深邃含情的眼神。她披覆着红纱巾的脸孔在正午太阳的光照下散发出迷人的烈焰。连我这样对美比较麻木的女生，也会有一刻的心动。

当我们踏着干燥的泥土路来到奈曼，我生命的词汇表里又增加了一个鲜嫩的名字：奈曼。我必须把它记录下来，这词汇才真正属于我。否则，我拿什么证明我曾来过此地，来过奈曼？

我们此行是冲着怪柳林来的。

或者说，我们此行是冲着“怪”字而来的。

倘无此“怪”，我们不会在长途大巴上铆足了劲一气坐上三个小时而不觉得累。我们的胃口已被吊足，我们心灵的想象力已充分展开。

怪柳怪柳，究竟怎样一个“怪”字了得？

汽车在狭窄的乡间泥土路上停下，胸中藏笔的人鱼贯走出车厢。顶着正午太阳的烈焰他们朝前走着，怪柳在前，神秘在前。

看见了看见了，那群漆黑面孔的树挺立着枝干，并无一丝绿叶依

附在它们身上，它们，就这样光秃着身子，剪影般立在天地之间。

像惊叹号，又像问号，这独特的姿势是它们用自己独特的方式发声，听得懂不容易，但总归要听出一些什么，譬如此刻，当我用文字回忆它们，我就是在回忆那一刻，我对它们的聆听。

看见了看见了，那群即使躺倒在地也依然保持坚硬骨头的树，依然没有一丝绿叶依附其身，它们，就这样光秃着身子，以令人惊心的线条在大地上写下四个字：我还活着。

是的，我还活着！这是我在奈曼怪柳林听见的最为响亮的四个字。近百年的风霜刀剑，近百年的人为砍伐，我们，献出了我们能献出的。喂牛羊以树叶，喂火焰以枝干，喂狂风以相互挽手的不屈。我们，献出了我们能献出的。

现在我们貌似死了，但我们并未朽去。我们依然在这里，在我们深爱的奈曼，提供你们，我们活过的证据。

我们因此不死！

2016-08-25，北京

哲里木看赛马

“中国内蒙古第三届国际马术节暨第二十届 8?18 哲里木赛马节”，手上的这张座位票每个字都认识，却有一个词我不认识。

“哲里木”？既诗意又哲理，看来像个地名。莫非，是赛马所在地的名字？

哦，原来，哲里木是通辽的前身，以 1999 年 10 月为界，之前叫哲里木盟，之后称通辽市。

大家不禁叹惋，多么有蒙古语境的哲里木怎么就变成了绝对汉语语境的通辽了呢？

也罢，通辽也不错，辽河通过的城市。

再烈的日头也不怕的我，遇上了再小的雨丝也烦乱的天。

找到自己的座位坐下，湿漉漉的感觉不好受。广播响起，这才知道，即将到来的是平生第一次，平生第一次，我参加了赛马节运动会。

运动员进场仪式开始了。

一个盟有一个盟的队服，或红或绿，或蓝或黄，均蒙古族装饰。尤其让人心动的是，清一色骑在马背上进场。男人只有骑到马背上那才叫男人，我不由得暗暗喝彩。

第一次这么真切看到这么多男人骑在马背上！

摔跤手们袒胸露乳进场了，壮壮实实的蒙古汉子，经过主席台时手舞足蹈跳起雄风十足的蒙古舞。嘿，好样的！

我忘记了雨丝带来的烦恼，专心凝视赛马场。

嗒嗒嗒，群马涌进赛场，又酷又帅的马儿尽情跑吧，但套马汉子不答应，他们挥舞着长长的套马杆子，不让它们跑出他们的世界。

赛马比赛开始了！急风暴雨一样往前冲的马儿和马背上直起身的骑手，加油，加油，男人只有在马背上才叫男人！

突然间我们的视线被一簇围拢的人群吸引过去了。哎呀，赛马手摔在地上了，我们甚至没有看清他怎么摔在地上他就已经摔在地上了，我们只看见那匹枣红马径直往前冲，马背上空空荡荡，它会取得冠军吗？存疑。

现在我们看见摔下来的那个赛马手，他一动也不动，救护车，救护车快来，他被抬上救护车时一动也不动。

离开赛马场，我的脑中萦回着的，始终是那匹空荡着马背的枣红马，和那个摔倒在地一动也不动的赛马手。

2016-08-25，北京

可汗山

内蒙古地大，随便抓一处就可以建个风景区。

譬如此地，地名霍林郭勒市观音山，观音山又名怪山，地壳挤压形成古怪山体，那就依山体做雕塑，雕塑自然与成吉思汗有关。

无论山门，无论苍狼之路，无论蒙元兵阵，还是蒙元帝王，此山均与成吉思汗有关，故名可汗山。

全球最享尊崇的王就是成吉思汗，有蒙古人的地方就有成吉思汗。某种程度，成吉思汗已位比各大宗教创始人。在可汗山我做如是想。

观音山上那两尊巨大的白色雕塑，一尊成吉思汗，一尊忽必烈。

我们只在山门前匆匆合个影立此存照。

只有娜仁琪琪格依依不舍在此徘徊，她身上的蒙古族血液在呼应着她的先祖，她很快就要回到北京，她不能像当地的蒙古族人随时可以到此汲取祖先灵气。她依依不舍一步一回望，终于还是随同我们，离开可汗山。

2016-08-25，北京

你无法模仿我的生活

1 快乐功
你一直以为自己在练快乐功
今天，有人告诉你——
错了，你一直在练的是，童子功。

2 童子功
3 月 8 日，有人还告诉你，今天是你的节日，女人!
“我的天，可是我练的是童子功啊。”

3 阳光真好，真真好
在阳光下，你发现自己犯了一个
不可饶恕的错误：你，生错性别了。
你想在月光下修正但阳光真好，真真好
它一直照着，没日，没夜。

4 为伟大的男人守寡
张灵甫自杀殉职时他的夫人王玉龄才 19 岁
此后她终身未嫁，独自抚养儿子长大。
“可以守寡，但要为伟大的男人。”
——林茶居说。

5 阳光真好，真好啊
阳光真好，真好啊

有欲望真好，真好啊
有欲望不能实现真好，真好啊
有欲望不能实现还是有欲望真好
真好啊，有欲望有欲有望真好！

6 烧心和焚身
心脏在左，左边在烧在揪扯
皇天在上身体在下，在下在下。
眼泪在眼眶里，命在应该来的时刻里
你命该如此，认命吧，认命！

7 没有人能解决你的问题除了你
没有人能解决你的问题除了你
没有人能一天建成罗马除了你
没有人能唤醒死寂之躯除了你
没有人像我活着，永远未完成！

8 日日新
苟日新，日日新
又日新，还日新
今老子，明孙子
孔子列子韩非子
庄子墨子鬼谷子
人人皆呼奇女子
此女本应天上有
人间能得几回闻？

9 嘿，驿站长
嘿，驿站长，你可曾看见我的马，它驶过长亭又驶过短亭。红色的鬃毛在风中绝尘马蹄声声踩踏我的意志

我的左心房，它席卷而去我的魂魄我的失魂落魄
我的驿站长!

10 今日无事
你在场我当你不在场，前日无事
昨日无事今日——
必也无事。

11 黑暗或者你
脑子已锈恰如心已木，全身无感恰如
黑在暗中黑，我中有你时。

12 对话修辞中的你
——近日正研读老子、孙中山，顺便也研读你。
——修辞学里有一种叫“不伦之比”的手法。你把我跟他们放在一起，就有这样的修辞效果。
——生命轮回，很难说你跟他们就没有关系。

13 极限体验：再任性下去
人们都不爱看见黑暗：或者看不见，或者视而不见。
就像人们都认为，应该表达爱，美好，温暖而不是，它们的反面。
我恰好是既看得见又喜欢把看见的表达出来的人。无论爱还是不爱，无论黑暗还是光明。
我所有的诗歌基本都是生活真实而非寓言，我的生活本身就很寓言了。
我唯一的幸福和幸运就是：我能表述。

14 与哈姆雷特有关的几个问题
哈姆雷特的古典主义问题：“爱，还是不爱，这是一个问题。”
哈姆雷特的后现代主义问题：“性，还是不性？这是一个问题。”

哈姆雷特的写实主义问题："安，还是不安，这是一个问题。"
哈姆雷特的莎士比亚问题："生存，还是毁灭？这是一个问题。"

15 绝望是个轻词，太轻
你们是一对天生的爱人，和敌人
你使矛，他持盾，反过来也成。
你们矛盾相见，分外眼红
你们既生矛，何生盾？你们
你们是一对轻词，好比绝望太轻
载不动，许多仇。

16 惊飙从天降，好马知时节
正当天空艳阳绽放，北方一日三晴，春天到了
你拍着胸脯，呼出郁闷之气你说
春天到了，好马知时节
惊飙从天降。

17 借用你，一点灵感
那些未曾谋面的灵感深藏在
未曾谋面的某人身上
未曾到来的曲线、直线，抛物线
未曾到来的菱形、圆形，正方形
未曾被爱的你，已经在爱。

18 不忠实的阳光
阳光太美，自作多情，
雨水太多，下得人痴。
夜晚太短，好梦未尽，
白天太长，无计可施。

19 悲哀共居，一个尘世
我和你，再见了，如果你爱天堂，我就下地狱
我们共居在一个尘世多么悲哀
偌大尘世我们居然相遇多么悲哀
你居然不爱我我居然还爱你多么悲哀！

20 诗歌不负责记忆（一）：2007 年 2 月 12 日究竟发生了什么使我写出如下诗作：《孤独颂》

白日可以放歌，
夜晚无处欢爱。
流年尽管似水，
此生原本遗憾。

21 诗歌不负责记忆（二）：2007 年 2 月 12 日究竟发生了什么使我写出如下诗作：《千山万水寂静》

我把千山安排给月亮
把万水安排给大洋
而把你，安排给我，我承认
这有些自私。

千山终于寂静
万水终于寂静
我，终于寂静，我承认
这有些白日梦。

22 诗是我唯一的娱乐
对我而言写诗是件手一伸
就能摘到果子的事，它是我荒芜身体荒凉此生的
唯一休闲，唯一娱乐。

23 风动了又动

他一如既往，他嬉皮笑脸，他孩子气地向你告别
他让你顿时发窘，暗叫惭愧。你曾用诅咒爱他
用恨爱他，用自虐爱他，用涂抹黑色爱他
用一团糟的心绪爱他。用不爱
爱他。

24 飞机，再见

弃我去者，昨日之日不可留
乱我心者，今日之日在天上
飞机，再见！祝他在家乡牛羊不归
妻妾成群。我只愿
故园三千里
深宫二十年。

25 对话无从授法的你

——你无法模仿我的生活。
——无法之法，无从授法。当然就无法模仿了。

26 对话旷日持久的你

——我本就只有三板斧，又好些年头不要了，果然就过时了。但我想，接近那些现代派也用不着云梯，也用不着旷日持久吧?

——中国诗歌讲究顿悟，或者说中国智慧讲究顿悟。所谓一念之间，心想事成。

27 对话跟丢了的你

——真想技术革新，我觉得用不了一个五年计划。
——你这样跟着很快就会顿悟了。
——我不是在课堂坐得住的人，跟在人后肯定会跟丢。
——那就叫丢人。

28 新撰《三字经》

在高处，不胜寒。
人欲近，不可攀。
想说话，从何谈？
既按部，又就班。
拈花笑，欲参禅。

29 我们已离开众人之路

我们已离开众人之路
我们脱轨，旁逸斜出
当年江清月正明当年艳阳高高照
今日自说自话自欣自悲自生灭。

30 2009年3月15日，见到杨炼

2009年3月15日，到北京外国语大学参加活动，除了见到众多诗人外，最有收获的还是见到了杨炼。杨的精神气质完全与他创作于1982年前后的文化史诗《诺日朗》吻合。

31 落日以杨炼的方式浑圆地向我们泛滥（本节引号内容出自《诺日朗》）

他如猛虎，“焚烧于激流暴跳的万物的海滨”。
他大踏步走向主席台，“成为所有江河的唯一首领”
他长发披肩，“那通往秘密池塘的小径”。
他笑，“斑灿的黑暗展开它的虎皮”。
他说，“活下去——人们
天地开创了。鸟儿啼叫着。一切，仅仅是启示”

32 我的高中历史老师林光荣先生如是说

多年前，我的高中历史老师林光荣告诉我们

判断一个伟人应以他一生的伟业为主导……
多年以来我一直用我的历史老师
告诉我们的方式判断一个人譬如诗人
我们要看的是他 / 她建立的诗歌王国而非他 / 她生活的
富足，或困窘。

33 人人皆可为圣贤，人人也皆可为暴徒

——没想到就这样进入了柏拉图式的《对话录》：人人皆可为圣贤，信然！

——同理推论，人人也皆可为暴徒。

34 汽车导航

只要输入出发地，再输入目的地
汽车导航就会语音提示和地图显示指引你
毫无阻隔到达你想去的任一处

昨天在张兴材的小轿车上我一次
又一次地为这高科技的玩意儿惊叹
就像第一次看到我的电脑被远程使用时
我连呼“见鬼了”
一样。

35 垂垂老矣的青春

健步行走在北京的南锣鼓巷，这簇拥着酒吧、中央戏剧学院、按摩房、咖啡屋、吉他室、茶餐厅的元朝小巷，脑中不断闪现的竟然是这样一个词组——“垂垂老矣的青春”。

唉，垂垂老矣的青春，垂垂老矣。

36

……

37 虚拟的符号

我从不为虚拟的符号写诗但这并不意味着
我所写的对象都实有其人。
昨天我跟老巢打赌，只要我写下三个字“某某某”
——我就能写出
一首长诗。

38 问题人生

——为什么要写某某某？

——早上我起床，北京用它惯常的好阳光招呼我：早安，安，恭喜你还活着。

——为什么要写某某某？

——然后我到王府井，我先坐 635，再转 108，或 104，或 104 快，或 803，反正哪趟车先到我转哪辆，反正目标都是灯市西口，反正，最后我都要到中科大厦中视经典。

——为什么要写某某某？

——我写文案文案文案文案，我写疯了，我得意地笑，我无比自豪地发现除了诗，我还会写文案！

——为什么要写某某某？

——有一年周末，我一个人先倒地铁，再倒公交，去了康西草原，可是康西草原没有草，只有马师傅和马。马师傅带我骑马，先是慢走，然后小跑，然后大跑，我迅速地让长发飞起在康西草原，马师傅说，你真行，这么快就适应马的节奏！我说，马师傅，难道你看不出我也是一匹马，像我这样的快马在康西草原已经不多了。

——为什么要写某某某？

——我没有哭，我只是看到你，你们的头像时心里有些酸楚。我怎么一下子，就和世界为敌了？

39 一首长诗该有多长
一首长诗，该有多长？我问昨天沉闷的阴郁天空它说
在我们南方，我们从来不知道雨，什么时候下
什么时候停。我站在窗前，哗啦拉开眼前某物
风一下子带足一斤沙砾扑向我，在我们北方风说
我从来不知道我什么时候刮起什么时候栖歇。
一首长诗，该有多长？高楼总在建设中
它的高度需要不断生长的阴影来体现。
有一次我和钱博士去北语开会他指着对面阳光笼罩的
28 层楼说，我的朋友住在这里。
那一瞬间我想象那些砖瓦并不存在他的朋友孤零零地悬在
28 楼。所有人都孤零零地悬在空中不是吗？
假设我们撤下那些砖瓦，所有生活在空中
的人将是你我他——
他们齐刷刷跌落下来，仓促的脚在空中乱动
划出一道道灰尘的气浪。

一首长诗该有多长？跑马圈地
随心所欲。

40 在巫术的餐桌上我们狭路相逢
不认识多好，不认识就能逃脱厌倦的宿命，就能
避免，在巫术的餐桌上，狭路相逢。那些穿花衣
的小鬼，爬满每一棵夜晚的树，伪装成树叶，或
水珠，预备在你经过时落你一脸冷不防。预备迷
你惑你，再羞你辱你。预备一踩油门一溜烟溜走。
预备一群公马母马好马壮马和烈马，再预备一只

害群之马，让你惊慌失措，沼泽地深陷越陷越深
让你无从呼喊，让人无从施予援手，让你大日头
下暴晒大冰雹下暴打大路朝天，他们纷纷走那边。

41 他们纷纷走那边
纷纷笑着
纷纷喊着
纷纷浪着
纷纷漫着
纷纷挤眉弄眼着
纷纷调情打骂着
纷纷饥着
纷纷渴着
纷纷动着
纷纷乱着
纷纷今朝有酒今朝醉着
纷纷明日愁来明日愁着
纷纷不知老之将至着
纷纷散场了
散场了
着。

42 友情提示
你的每一句话都有可能进入我的诗歌成为文字证供。

43 “你好”之变幻指向
我在注视着那变幻的“你好”：
你——人尔
好——女子

44 像杜拉斯一样生活，像狄金森一样写作？

电影是独立制作人的时代，诗写也是很“独立”的，我会“独立”得更彻底了，像 Emily Dickinson——与世隔绝式的诗写。

45 后人挖你之后——

挖吧，白骨一堆而已，没有殉葬的金银。

46 Jumbo 又是何怪物？

本意是一种巨型老式喷气式飞机，巨型可理解为求知欲的巨型，老式就说明不合时宜，总之欲飞乏力啊。现音译、意译为“鲸漂”。

47 又一次打通人家的任督二脉

——我最近在练诗写的《易筋经》，你那意识流和语感就是我被打通的任督二脉呢。

——“任督二脉”？这话似曾相识，半年前有人跟我这么说过。我怎么经常打通人家的任督二脉啊？

48 身不由己入梦去

——昨晚你到我梦里了吗？

——我不知是不是“身不由己”的去了。

49 人家打酱油，我们打对油之一

花事因雨连三月，

草色遥看近却无。

横批：不对。

50 人家打酱油，我们打对油之二

叶嫩雨肥碧云天，

蜂叫蝶嚷黄花地。

横批：非礼。

51 人家打酱油，我们打对油之三
可惜绝配天地隔，
恨不相逢未嫁时。
横批：别字。

52 我深知你的聪明，我不说
我没有控火能力，我点燃这样的火，温暖自己。
但它竟然照见了我的孤独，和忧伤。
它照见我绝望的沉默，我不说
而你亦不知。
我深知你的聪明，我不说。
我无法抑制的想象之火经由我点燃并渐渐蔓延。

一旦它成为这样的火，我就必将再死一次，而我不愿。
我想哭，我在远离你的地方写下如此文字你不会知道。

53 头像暗着，头晕着
总会有一个瞬间击中你，水的长呼吸，下午的哭泣
一片寂静。你掏出手机，按下几个字符，又删除。
你甚至不想发出，你只是写着：我看了《入殓师》
我知道总会有一个瞬间让我痛不欲生
心悸而又，无可奈何。

下午的寂静，溅起了黄色，深黄色，还有一些幻想
的余波。头像暗着，头晕着。凡有所感，必有所伤。

54 关于“识荆”的错乱轮回
——我深知先锋对人本性的破坏会大于它对人的塑造，它让你在看到更为纷繁破碎、瞬息万变、玄秘凌乱的世界的同时也将剥夺你原始

的本真的哪怕是无知也好的安宁。这也是我想对你说的。

——是警告，还是……

——是可能的事实。先锋很破坏人，中国古典安慰人。

——我对先锋充满敬意，但也许我不会被挑选到前排。

——也许会“身不由己地去了”。

——那就揪出那看不见的第三只手看看，当作“识荆”或“塞壬”。

——惭愧，只知“负荆”不知“识荆”，正在百度。原来是李白的“生不用封万户侯，但愿一识韩荆州”啊，居然是我前前前夫说的。

——前前前夫？你也作古了吗？

——难道你不记得春秋时期某个雨夜路过你驿站的那个女扮男装的男子，那就是我。

——那可能是你记错了，我只记得曾经为一位女士大老远地送荔枝。

——真狠心啊，累坏了老马家好几匹马啊。

——你吃过那荔枝吗？

——我们家单于不让吃。

——那就真不知道“昭君姑娘”是怎么养颜的了。

——以泪洗面嘛。

——那也是“此泪只应天上有，人间胜似洗面奶”。

55 才如何高到八斗？

——去折腰吧，五斗米喊你哪。

——是啊，五斗米甚至开骂了。

——五斗米恶狠狠跳得老高变成六斗米了呵呵。

——我倒希望是“八斗”或者“泰斗”。

56 忽然还是突然？

——想到你说“明天将出现什么样的词”，我就忽然也想到一些词。

——你喜欢用“忽然”，很优美，我一般用“突然”，很杀人。

57 所罗门打开的本真之瓶

——你拔开了我的所罗门魔瓶，今天又冒出了一首小诗。

——所罗门忙着写文案，无法去看冒出瓶中的魔鬼，难道魔鬼就不来看看所罗门?

——有啊，但也怕啊。怕本真的 Pygmy 要现原形。

——本真将不存而艺术永恒啊。若你觉得本真不如艺术，你当庆幸。

——再杜拉斯一些、再皱纹一些都没关系吧?

——反应很快啊你。是的，像叶芝一样独爱她的垂老打盹。

58 尸鬼或诗鬼

——我那些诗真有“鬼”样子吗?

——有“尸”样子，还没到“鬼”的境界。

——诗鬼是很年轻的时候就炼成的，我看来是过期了。

——那就当老鬼吧。

59 按图索骥的索

——跟你聊天真尽兴，无须加工，随便整理就是“按图索骥”模本。

——你那“按图索骥”的“索”真吓人，不会是活套吧?

——难道你希望“死结”?

60 得知安马或马安对话皆成文本，马氏即兴打油一首，诗曰——

马上相逢无纸笔，凭君传语打油归。马鞍不卸劳鞍马，古来斗嘴几男回?

61 得知马氏即兴打油一首，安氏也不甘示弱，即兴回击，诗曰——

脑子一紧张，灵感跑光光；好马要好鞍，坏马也得装。

62《海子评传》和《昌耀评传》

那天带一个诗人朋友去书店买书，推荐他《昌耀评传》，他一口气买了两本。我们跟老板说，最好把《昌耀评传》拿一些放诗人诗集这柜而非单纯放在人物传记那柜，这样诗人就会人见人买。老板听了眉开眼笑，点头称好。

我自己那本预备第二次阅读。《海子评传》我已读三遍，慢慢会赶上《红楼梦》和《比萨诗章》。燎原文章的大气之象总是扑面而来，适合烦恼时读读开阔心胸，每次读完就感觉人生在世，岂是“俗”字可以了得的。也就豁然开朗了。

63 伊沙名言

“不是针对谁，我在说常识：研讨会上不发言，朗诵会上不朗诵，不是低调，是不道德。真低调，不出席。知道‘伟大的嘉宝’的‘伟大’是什么意思吗？那么多时尚的影迷知道吗？”

64 百度“伟大的嘉宝”后从黑白子博文获悉——

A）她是默片时代的女王，却在有声片来时后才创下事业的高峰；

B）在公司为她安排的一场又一场无聊的妓女角色中别人都受批抨时她却能得到观众的欢喜并丝毫不影响她在别人心目中的洁与净；

C）她在 36 岁事业高峰时匆匆隐退，她用孤身索居来用心呵护着只有她才有的神秘；

D）她从影期间没有得过奥斯卡影后，但谁知道，这不是她的遗憾，而是奥斯卡的遗憾；

E）在她五十多岁的时候奥斯卡曾授予她终身荣誉奖，为嘉宝抱不平地说这个奖来得太迟了，但嘉宝不赴晚会和不接见任何媒体的行动告诉了大家答案，“没关系，这对我没有什么，因为它对我来说没有任何意义。我已经五十年没有提过我曾演过电影。”

65“世界诗歌日”（20090321）安琪的诗观 12 条

A）信仰诗，诗有神。

B）我经常在写作中感受到如有神助，神即诗神。

C）诗歌高于一切！

D）未经文字记录的人生不值一过！

E）当生活种种都能游刃有余进入诗时，生活种种皆为幸福。种种！

F）保持一颗先锋的心。

G）平庸之人无法写出先锋之作。

H）先锋，永远必须！它是创新、勇往直前、壮志未酬身先死的激烈，它使“我到来、我看见、我说出”成为可能，它拒绝千人一面，它血管里流淌的永远是个性的血。

I）你无法模仿我的生活。

J）你们活得大致相同那是因为，你们都在模仿生活，抄袭生活。

K）我有极端的性格，正是这性格保证了我的诗写，只要这性格一直跟随着我，我就能一直写到死。

L）要做诗事就要做好，不然就不做，做好做坏花的精力其实差不多。

66“圣贤”是如何在对话中演变成“狗”的？

——我要下线去睡了，难得周末，能睡则睡。

——我到北京后连中午都不睡了，以前在老家文化馆下午都睡到三点半。

——在北京我只“但愿长睡不愿醒”。

——我一个朋友的QQ签名是“生前何必久睡，死后自会长眠”，我很认同，也转送你吧。

——长眠于地上还是地下，那感觉是不一样的。

——喂喂喂喂喂喂喂……我既不想让你当圣贤又不想让你当饮者就得大声一迭声喊你。

——喂人还是喂“大一点”？

——喂“大一点”？喂太太的简称？

——“大一点”就是“犬”，人们经常用“良心”去喂它。这叫“避讳”，是“中国古典”的东西。

——太也是“大多一点”啊。

——太（我可没说“太太”）不是东西啊。

——你可真“太不是东西啊”。

——你这样说我，你真把什么拿去喂“大一点”了？

——我摸了半天，良心早被狗吃了，好像是那年在离乡的火车上。那只狗后来托梦给我说，它是一只披着狗皮的马。

——那就不是我了，我只贴过“狗皮（膏药）”不披狗皮。

——狗贴不贴狗皮膏药？

——不贴，它自家就生产狗皮膏药。

——不贫嘴了，去折腰吧。

——五斗米……引无数狗雄竞折腰……

——狗雄和犬儒，倒是绝配。

67《海子诗全集》和《海子诗全编》

从当当网订购的《海子诗全集》已到，此前在老家其实已买过《海子诗全编》，后离开老家时我一直认为它被一个诗人朋友拿走了，但他说没有。现在，我不知道那本《海子诗全编》到底在哪儿。还是买一本“全集”保险。海子一直是我的挚爱，他“适时而纯洁的死亡”使他的一生毫无瑕疵，他将以他精深博大的文本和极具青春的定格而成为中国新诗的源头性人物。一旦他的形象成为中国大众心目中的诗人偶像时，中国诗歌就将走出现今被妖魔化丑化的局面而呈现出神圣的纯粹的内质。

是时候了，中国诗人必须团结一致把海子塑造为诗人中的诗人，诗人中的偶像。

以上为徽籍诗人叶匡政的观点摘取。

68　中国诗歌圈博主关于解决男女性别差异导致的问题的一段值得回味的观点

近日，中国诗歌圈转载了沈睿女士《一个女诗人的心灵史》自述文章，从而引发了小范围的男女问题探讨。其中一向匿名的博主如下这段话令我沉思，他 / 她的观点是此前的我从未想到的，它显然可以部分解决因男女性别差异导致的诸多问题。原话如下：

俄国哲学家、诗人索洛维尤就曾说过：“真正的人，具有充沛理想人格的人，显然不能只是男人或女人，而是应具有两种性别崇高统一的人。”

一个理想的社会应该是没有性别的，或者说，男女性别被双方兼收并蓄了。

拥有“双性化”特质的人，具有较佳的生活品质及人际关系能力，也是一种较健康的性格特质。“双性化”即做到“刚柔并济”，也就是说每个人最好拥有坚强独立的刚性面，也能拥有温柔细腻的柔性面，视不同的情境，表现最合宜的行为，如此一来，才能在未来复杂多元的社会中快乐生活。

69 在烦恼处烦恼，在快乐处快乐

赵括纸上谈兵，兵败处，被坑40万；

你我电脑上谈快乐不快乐，如是：

——人生真是苦海无边，可是回头无岸啊。

——往快乐处想，我的秘诀是，一离开烦恼源，就不烦恼。

——就是要健忘疗法?

——是啊，阿Q一下。套用佛家语：在烦恼处烦恼，在快乐处快乐。

——快乐能坚持到底吗?

——当然能。不快乐都让赵括派兵出去，被坑杀后，剩下的就都是快乐了。

——别提赵括了，他跟我的先祖赵拨是兄弟，正因为他的长平之败，我先祖才羞于姓赵而改用父亲赵奢封号“马服君”的马为姓的。

——原来是败将之后啊。

——算是败将之侄孙，不是他的嫡系部队。

70 蓝月亮之老巢妙语（一）

“像我这样透明的一个人，如果男人不喜欢我，那是他有问题，如果女人不喜欢我，那是我有问题。”

71 蓝月亮之老巢妙语（二）

“一场酒下来，也许就结下了一批敌人，也许就交了一群朋友。”

72 马老乡马惊飙之妙语

“够用就好，不要奢靡成性。”（针对我自叹书读得太少而言）

73 安琪对马老乡惊飙之“信马由缰毕竟有缰，不如无缰，更不如无疆”之答。

“信马由缰，人之渴求；信马无缰，马之理想；信马无疆，掉到地球那一边。”

74 我在新手机面前的容颜

朋友送了一部手机，倒腾半天既不会发短信也不会接短信，既不会存号码也不会调号码，羞愧而沮丧，感到自己多么无能，完全被低科技的手机挫败。

75 声音在新手机里的容颜

学弟吴子林博士来电，一时竟没听出来，似乎声音在新手机里也换了新面孔。

76 记得多年前舒婷说过，有家底的表现之一是：有十几年的老友。

许久未让伟雄来电解忧，今日在华灯初上的街头故技重演，听他一以贯之的劝慰夹杂时常伴随的雄浑呵呵声不禁感叹，毕竟15年老友，知我强悍，也知我脆弱，知我良善，也知我任性。我庆幸在写作《永远未完成》时凭着本心的驱使恢复了和伟雄、宜兴的感情。此前我和他们怄气已近一年（伟雄说，是我跟他们怄气，他们可从来没跟我怄，想想也是，一年来问候、寄茶叶他们都一如往昔）。无论如何，他们是最纵容我的兄长，我希望今后他们对我提醒再多些，严厉再多些，不要让我太走极端。

77 决不让崩溃胜利!

正如我对你说的，我不知为何这般分裂，总是控制不住地人前激情而其实内心几近崩溃。

2009-04，北京

辑三　短诗

任性的点

任性的点。从诗歌中逃逸
像爱美的女子逃离陈旧的铅华
有着一种神圣的自信和单纯

我要乘着智慧的凤辇追赶
却同时被智慧灼伤。任性的点
像是一片散开的光芒
笼罩我。又不被我拥有

任性的点。又像一只任性的小雀
在大师的双肩跳来跳去
叫着！转动它灵活的眼睛
像文字
又像高过夏天的草帽
天真和粮食

1993 年

心中走动的小银

凝固白色的欲望在我心中走动的小银
一点声响就能使它暴动
冲击午后的天空有一种焦渴在呐喊
我心中走动的小银光芒四射

疯狂的足音逼近
在我心中又有什么比欲望更易点燃
小银白色强光炫目
它冲出深锁五千年的困惑
一线声形劈开天地万物

风声四起 自然的箫声形迹全无
心中走动的小银
为着一种苍茫沦为四季的囚徒
旋转的欲念仿佛飞舞的血水
谁来惹它谁就将万劫不复

黑船在小银四周徘徊
它要突破光中的暗
在我心中是有什么急促生长
恍若被灼瞎的猛兽四处撞击
又终归在白色的天宇凝固

沉寂中止永无回归
一如我心深处走动的小银

小银 深入空气呼吸的欲望
在骷髅与玫瑰间穿行
岩石炸裂落尘为雨
再也没有什么能比我的小银强劲有力

再也没有什么能比心中走动的小银纯粹了

1992 年

明天将出现什么样的词

明天将出现什么样的词
明天将出现什么样的爱人
明天爱人经过的时候，天空
将出现什么样的云彩，和忸怩
明天，那适合的一个词将由我的嘴
说出。明天我说出那个词
明天的爱人将变得阴暗
但这正好是我指望的
明天我把爱人藏在我的阴暗里
不让多余的人看到
明天我的爱人穿上我的身体

我们一起说出。但你听到的
只是你拉长的耳朵

1996-05-18

女儿醒在三点的微光里

一岁的女儿像一匹布
“妈妈在哪里？烫烫在哪里？”
一岁的女儿抱着奶瓶像抱住亲爱的家

一岁的女儿醒在三点的微光里
我和她一同饮下这春日的火种
秘密中的秘密
安置在女儿突然绽开的笑容里
门踮起脚跟，够不着她的手

记住那个冬季，那个
寒冷中痛苦快乐的母亲。她就要成神！
但不会全军覆没

一岁的女儿翻转身子
穿着梦语
听得见她被幸福笼罩的微光

我的女儿叫宇，我的女儿粗枝大叶

茁壮成长！

1998-05-09，漳州

母亲

每天我都在身上找出不同的母亲
字迹模糊的母亲
允许我用自己擦去你

你总是来去匆匆
牵着你的外孙女我的孩子
有时我看着自己始终搞不明白
家族的细线
如何穿躯而过

我随意地丢弃母亲的名义
我神经质地发现我尚未崩溃
多年以前我目睹了母亲发狂的一刻
一把躺椅扔进垃圾堆

因此我相信
我们总有一个要继承你的血液，我们将在某一天
疯掉，说吧，母亲：
我，还是女儿？

2002-11-15，漳州

阅读春天

给我的阅读插上春天的芒刺
我自己说话

我久未愈合的伤口就像失宠的美人可以
造出：腐朽的光辉。

我的春天一直是聋的！

我的意志在击打群蚁的马车
它像一阵风刮走万物，它占领绿色、蓝色
和灰色。

以心为题我不断闯入死亡属地
我的阅读是盲目的？

我已经拥有翻动的勇气，剩下的就是绝望了
我退出自己！

退出是我对春天的感受，春天一直是
空的！空中传来空空的指痕
像我用意志写诗，意志失宠

我阅读春天一本暴力的书

如芒在背，如履薄冰

春天缺少爱戴的神
我的意志从坏情绪里得到解脱
它一味地幻想似乎要自由地向着未来扑去。

1990 年代

生命全集

越过生命黑暗角落，生命全集
究竟是谁无法弥补灿烂阳光，灿烂消失

原来我的心中装着一只不翔鸟
不愿飞翔的黄昏鸟

是被雨云漂洗过的鸟，雨的鸟
白色床单覆盖下的鸟，白的鸟

已经把语言泼洒，已经走火
已经敲响，未来的钟。

站在风中会哭，生命的不翔鸟
返回昨天会痛，不敢睁眼的鸟

究竟是谁满街行走，漫无目的

手提一页单薄纸片，生命全集。

1994 年

雨停在我手上

鸟像大海栖落下来
生长岩石的海也生长灵光、云霓
就像雨停在我手上
纯粹 宁静 透明
我无法进入它的状态

钟鼓在天空盘旋
我想象黄昏有一匹小小马
奔腾 跳跃 了无痕迹
就像记忆深处那场梦
向内心聚拢点燃沉寂又迅速熄灭
就像落日余晖中的一道残影
我攀缘的目光在无望的仰首中坠落

雨停在鸟声中等待潮汐破碎
我飞驰的马儿让黄昏的天空难以企及

1992 年

鸟或者我

一只鸟就是我灵魂的一个花圈
它高飞着
我不知道哪一个将落到我头上

一只鸟其实也是我灵魂的一座坟茔
它漂移着
我不知道哪一座才是我真正的居所

一只鸟只管四处游荡
当我在此岸仰望彼岸
我不知道最终引我渡我的会是哪一只

1992 年

秋天的马拉松

大红木房子，低色调乐曲
秋天的马拉松
秋天的伤口排列成行

让我用我爱的名字起誓
一个人走了，一把伞推不开天空
我去过秋天深处的想望
仿佛白马合拢它的花瓣
幻景太深。秋天的马拉松
算不算从生到死的一场梦

算不算天堂路的一次折回
让我用我爱的名字起誓
我只停过一回。一个人走了
一个嫁给风的人是对黄昏的背离
我还给秋天的花朵仍在春天手心
秋天的马拉松
秋天太过漫长
使我有足够的时间哀愁，心痛
使我向寒冷索取的外衣摇曳风中
并且接受星光的嘲讽

1993 年

那出现在空气中的马匹

马匹，这在我胸中塞住的词
突然来到了风中

奔跑着打出来那个词

——黄昏，一种最辽阔的异乡

流行西天的彩云不停
改变着看法，只用我最不了解的方式
泄露着光

CD 碟里的舒伯特用小提琴说
说折磨已经成为可能，因为风
已锁住树叶

当马匹回到风中
当它的奔跑打开我的心脏，打开
黄昏的胸腔，依次地

当每一条河流都在光中接不住
一个男孩的身体

当我再一次被死亡运回
清晨，看见故乡消失

而我在那里

1990 年代

电影中的蒙太奇

突然接踵而来的是另一幅场景
深秋的白桦林，卧满
沉睡的黄叶，一张白椅
深入黄昏，一个孩子的目光
在磨损的窗沿后，一片
清白，鸟们飞逝

可能是多年之后，也可能是
很多年之前，而跨过的又是
哪一部分情节
抑或是一句关键的话
抑或是我的一生

1990 年代

新闻

深藏在孤单里的花，开放幽暗的黄昏
那么安静，欲滴的露水

没有谁叫醒它
开门的声音，钥匙像一枚凶器
一个人，一个人就要来了

打开的声音，是电视或者电锯
消灭我们，从你我的头顶上空
消灭我们，房间那么小
从哪里开始出来，开始躲藏
我能不能藏进花里
我是女人，我不可能拥有女人

一个人，一个人就要来了
爱情试图消灭一个人
下雨了，下雨了
那些书写的雨滴
谁在屋后瞭望?
谁侵犯了我们的午夜三点?
一个人，一个人和另一个人
就要来了

1990 年代

亚热带阵雨

陈旧的窗子透出最后的红
有人在一枚提琴的尾音里

睡去。草尖上的雨水
最轻灵的颜色
天空、土地、树木和花
那么小心、紧张
站在自己的位置上

而色彩，在流动的空气中
轻轻颤动，仿佛
睡梦中的人们在寻找自己的
兄弟

1990 年代

走遍莫扎特

我相信莫扎特作为音乐材料的现实性
那么暗淡的阴雨线条在此刻
黑衣人的传说如同举着盾牌
如同把九重大门一一推开

欧洲已经分出两旁丽日
欧洲的丽日
晴天中有砖铺就的古典主义

它们直接闪射下来
穿过集体主义的风 风的长发 长发的泪水

绝望却向上的力量！

那就是莫扎特的快速旋律
偶尔柔缓，容得下一世界的哀伤
偶尔放置下高音的梯子，沿着咏叹的路径
我和诗一起起伏不定

变冷的手抱成一团
下午抱着上午，脸抱着滑过的深呼吸
奥地利从欧洲走出像天才按住胸口
3 年以后，我 36

应该有一双安静的睫毛得到祝福
远远地，为生活奔波的人很快就要走近
数不清的物质困窘如果音乐不行
就用诗来解救！

2002-04-10

成都，白夜

——兼致翟永明

我循此想象而来
穿过灯影漂游的窄巷子
停在白夜

铜牌上夜是白的
白是黑的
我循此安静的古旧遗迹
来到，意念外的
诗酒疯狂
表情扁平而斑驳
木质庭院的建筑
纸制鱼悬浮
镂空的躯体固执
而冷
使我的凝视布满伤痕
再漫长的白昼也抵不过一个
短暂春夜
春夜此刻！
我起身抖落缀满裙裾的音群
我以绝境的方式暗示你
秋风已把某人带往他乡。

马上梁山

我一眼相中的白马走了过来
冬天的风灰暗，而冷。而使面颊有着悲哀
的羞赧。

白马白马，你为什么在这江湖败落的黄昏
而不落泪？

梁山已空那是豪杰已散
死的死啊亡的亡，石雕的李逵
甚至已赶不走叮住他的小蚊蚋

骤然扑打过来的帅旗四个金字被风卷起
又展开，我仰望却看见阵阵酸楚

替天行道
仿佛冲天的呐喊还在耳旁
仿佛血腥的厮杀还在眼前

无辜者的头颅被提在手上
谁是无辜者
谁是提头在手的人？

所有的死亡都指向朝廷
那个誓以他人之死捍卫自己王位的人
最终死于另一个即将登上王位者

我一跃而上冬天中安静的白马
白马白马
请带我狂奔，逃离
逃离这是非的江湖！

2014-01-14

梁山本质就是石头山

淡色的石头好像默默沉思的蚁群
爬着爬着
爬出满山皱纹

梁山本质就是石头山

英雄本质就是暴徒
暴徒本质就是英雄
端看谁来盖棺，谁来定论

犹记那时年幼
一本小人书被我翻得稀烂

最纳闷的是这句话——
“水浒这部书，好就好在投降”

投降不就是叛徒吗
叛徒有什么好的？

直到我长大
才知这句话的奥妙
哪个皇帝不想招安
那些心存投降之念的人，带着你必将送命

的命来吧，但不要把你的兄弟拉上

他们还想继续留在梁山
他们还有一口热血可以担得起好汉

但他们终究还是被拉下梁山
心甘情愿送走自己的命

满山的石头知道这结果，必然。
满山的石头看着一群人死于忠，和义。
满山的石头留在梁山，等我，记录下
这 107 个空空的座椅
（那愿意投降的在我眼中已没有
他的座椅）。

2014-01-14

为晁盖一哭

踏遍梁山
没有你的一席之地
可怜的晁盖，晁天王，你真的被
推到天上去了
反正天并不存在，没有一个真实的可以
触摸可以放置牌位的天因此也没有一个
让人怀想让人纪念

的你。可怜的晁盖
找遍梁山
连孙二娘的一双金莲都在石头上跺出两个深凹
你
却连一道痕迹都没有。

2014-01-14

到长白山看天池

看天池的人来了
天池还在沉睡

天池睡在墨绿色的冰面里
沉沉的冰面，仿佛凝固的胆汁。天池是大地的胆
些微有着胆结石？

我想下去为其做做彩超
但悬崖太悬，被火山蒸煮过的悬崖易碎易折
阳光的手术刀恰在这时从天庭伸了过来

它直接切往天池的最深最黑处

它差一点就切中在此养育亿年的水怪
当然，水怪浑然不知
当然，水怪继续它的千秋大梦

天池还在沉睡
水怪也在沉睡
看天池的人来了，他们在高高的悬崖上

互看，互拍，你把我装进相框里
我把你装进相框里

恰在这时天池黝黑而深邃的眼醒了
天池是大地的眼，注视着这一切？

2014-06-07

在阿尔山

不是一座山而是一个城
我一而再、再而三前来，所为何故？那烈日
依旧晃眼，空茫的烈日下，黑土地依旧生长
玫瑰花，白桦林。

俯身捧起黑土，手并未见黑，使阿尔山成为
阿尔山的，哈拉哈河，河水向西，河水从阿尔山出发
到蒙古国探了探身子，又流回来
那使它流回来的力量
是什么？

我深深地吸了一口阿尔山的空气

清凉，持久，必须有另外的语词，来替换这里的
一切。空气，和一片一片的绿，留意着你脸上的
贪婪，狠狠地，吞食，吞食。

沉默堵住了你
对这天地间的大美，你没有办法
六月还很冷，裹紧你的红披肩蓝披肩，裹紧你
即将衰老的身体
如果这是一片神奇的土地
你的青春便会一点点回来。

不要工厂，不要 GDP。在阿尔山
你们达成共识，你们要缓慢地生活，健康，低碳
你们要把自己扎进阿尔山

成为阿尔山的蒲公英、八里香、狼毒、杜鹃、稠李子、野玫瑰、山丁子、蘑菇、木耳、芍药、接骨木、落叶松、爬地松、走马芹、白桦、樟木、山刺玫、黄连、火柴花……

成为阿尔山的杜鹃湖、松叶湖、鹿鸣湖、乌苏浪子湖、仙鹤湖、眼镜湖……

成为阿尔山的天池、地池……
你们哪儿也不去
就在阿尔山！

飞机把我们放到阿尔山
飞机只是让我们来看看
飞机很快又要把我们运走

我们每一个人的走
都带走了阿尔山的一部分——
从你们传递过来的，那醉中心脏的疼和痛，因为牵挂

而更为疼痛。

2015-08-01

飞机降临吕梁大地

在等待被吕梁大地击打的舷窗前如愿
凝视的双眸忍住潮湿却忍不住心湖的汹涌

这一眼望不到头的黄色山群它们的黄皮肤
它们浑圆的、层层环绕的黄皮肤多么苍茫
而柔美

这母亲一样的山群敞开它无遮无拦的怀抱
吕梁
我们来了

黄皮肤的我们
黄皮肤的吕梁
黄皮肤的一见如故的我们，和吕梁。吕梁
我们来了！

我们从天而降
不被棉絮般的云朵所挽留
不被雾霭不被流岚所挽留

不被默默漂移的风之虚无所挽留
我们从天而降，来到春秋时代的吕梁
来到三家分晋的吕梁
来到汉武帝祭土的吕梁
我们来到吕梁
来到中华文明的源头，突然被一只手取走喉咙
这亘古如斯的黄色大地
我们只是它微小的
微小的尘埃，一粒。

2015-11-01

告诉你什么叫伞头秧歌

唢呐响起的那一刻，大鼓随着擂起
黄河醒了，黄河边的山梁醒了，黄河边山梁上的
枣树、栎树、沙棘树，醒了。

苍鹰在天空低低飞翔
苍鹰的影子醒了。姑娘们穿上大红绸衫大红绸衫
醒了。

头系白头肚手巾的小伙们醒了。手醒了，脚醒了
浑身的音乐细胞醒了，舞蹈细胞也醒了。激情醒了
欢乐醒了。

一醒了，一切醒了。一切的一切都醒了
那就起来吧！
唱起来吧跳起来吧舞起来吧蹈起来吧笑起来吧
叫起来吧爱起来吧情起来吧欢起来吧呼起来吧
激情起来吧狂放起来吧

一年的艰辛抛出体外吧
丰收的憧憬变成现实吧
姑娘变婆姨吧小伙变汉子吧我们亲吧
我们热吧
我们过上好日子吧！

2015-11-01

冬日，行走在库塘沐湖上

我们闯进了库塘沐
这冬日的不速之客
全然出乎冰雪的意料，我们看见聚成堆的冰雪
被铲雪车无情地铲向更远处，它们，无声无息
并不发出绝望的叫声

我们的小车
就在铲雪车开辟出来的冰雪之路上前行
这是路吗？我问自己，然后我听到库塘沐回答
“这是我，库塘沐湖，沿着我的身上一路向前

你们，就能到达松花江。”

2017-01-17

“我，冬日！”

并无轻功的我们
正行走在库塘沐湖上？
谁赋予我们，不可思议的能力？“我，冬日！”

2017 年 1 月 6 日
冬日穿上冰雪的外衣，一身素净，迎接我们
于库塘沐
用零下 20 度的冷，这冷
咬着你的手，咬着你的脚指头。这冷
冻住你的话，使它们石头一样坚硬，一个字
一个字，蹦出。这冷
激出你的欢乐——

南方人啊，平生第一次
你来到了肇东，来到，冰雪的故乡，冷的故乡！

2017-01-17

库塘沐，冰和雪的会议

库塘沐
冰和雪的会议正由阳光主持

我们
不称职的旁听者，我们吵吵闹闹
拿着手机这里拍一下
那里拍一下

我们拍下冰雪的白面孔
这么白的肤色，用的什么品牌的化妆品？
冰雪冷着脸
答我们以不耐烦

我们拍下冰雪的狠心肠
那天，它突然张开雪盆大口，一辆铲雪车就这样
进入它的胃

我们拍下冰雪的疼痛
它们被冰钻破开胸膛、被铁锹痛击身体、被围网
被捕捞、被从自己的肚腹里掏走鱼群——
它们曾那么精心地把鱼群保护在白色的大棉被下。

我想它们此刻会议议题

一定与人类有关。阳光可以做证！

2017-01-17

库塘沐，渔夫和鱼

“闪开闪开”
渔把头冒着热气的喊声在库塘沐响起的时候
渔网正慢慢从冰雪里拉起
我们俯着身，自动站成两行
我们在看
有多少鱼被捕捞而出，我们看到了
老虎斑、青斑、粉斑、加力鱼、马加鱼、红利鱼
胖头鱼，还有我们叫不出名字的各种各样鱼，和
大花蛤
它们本该自由地嬉戏于库塘沐湖底
如今突然被拉扯到冰雪之上
被我们围观
它们大部分有气无力喘着气，吐出些微的泡沫
小部分索性死给你看，与其凌迟在砧板上，不如
自绝于库塘沐
作为捕捞它们的同类中的一员
我说不清楚此刻的感受——
我不知道要站在鱼这边，还是渔人那边。

2017-01-17

车窗外的哈尔滨

——给金重

细瘦的杨树
只余下树枝和树干，它们挺拔，帅气
在车窗外静默，于是我想到你的青年

杨树后面是广大的雪野，苍茫啊
苍茫，把苍茫再拉远一点，就能到达
你的现在——
地球那边你只要盯视着我的微信你就能看到
你的故乡！

你的故乡在车窗外
正被我南方的眼赞叹，白色的雪野
淡黄色的稻茬
构成了莫奈笔下的风景画它们
经由我的手机发布到我的微信，于是你得以
在同一时间反馈故乡你的碳素画

为什么我镜头中的金色
会变成你画笔下的黑色
有何沉痛的记忆掩埋在白雪皑皑的故乡

我并不知晓你更多的往事但我理解一颗离乡背井的心。

2017-01-17

中央大街夜景

——再给金重

夜
冷加冻
肿大的身体加笨拙的手指
瑟瑟发抖依然要掏出手机
依然要拍下一月的寒风，寒风中
被冰雪之神附体的霓虹灯
霓虹灯下高挑健美的姑娘，和她的红脸蛋
拍下满街俄式建筑，和它遗留的历史痕迹
拍下马迭尔宾馆，和当年出入此地的故人
（这个世界是否你们当初想要的那个世界）
拍下马迭尔冰棍前排队购买的人群
和我们人手一根的手势（谢谢你，亚东）
拍下你曾经有过的马迭尔冰棍的童年
少年，和青年。拍下你从美国南加州最南端
投注到此的目光，你被思念养大的乡愁。

2017-01-17

集萧红语句以纪念这位天才女性

在乡村，人和动物一起忙着生，忙着死……
呼兰河这小城的生活也是刻板单调的。

严重的夜，从天上走下。她们全体到梦中去。
人间已是那般寂寞了！

2017-01-17

滴血的方向，也是爱的方向

我耽溺于寻找的快乐
仿佛为的检测我对你的爱
那个漆黑的夜晚
我被驱赶上这块漆黑的玄武岩
我嗅出了你的气息
那独属于你的气息
即使群马乱撞
马上的猎手不断拉紧他们手上的缰绳
不断发出吁的吆喝声

我一样能在嘈杂的狩猎现场嗅出你惊恐的眼神
所发散出的悲哀的气息
你是如此怯弱的一只小母羊
我是如此强壮的一只小公羊
那个漆黑的夜晚我在抵达你泪水的最后一瞬
被飞驰而来的弓箭射中
你不会知道

2017-10-17

帐篷

时至今日
我也不曾在帐篷里看到一层楼
二层楼
三层楼
可那个绘画的先民
竟然在帐篷里建了六层楼
第一层住进六个人
第二层住进七个人
第三层住进三个人
第四层住进两个人
第五层住进一个人
第六层
这最高的一层
我没有看见人

我猜这层是给神住的，也可以给梦想
给希望。

2017-10-17

骆驼知道

骆驼知道家在哪里
你在哪里，我们心爱的小儿子在哪里
骆驼知道朝着家的方向走去
你就会为它清洗满身疲惫的褐黄卷毛
我们心爱的小儿子就会喊它扎布扎布
就会抱住它羊一样温驯的头
就会亲它喷着温暖气息的嘴
骆驼知道我也想朝家的方向走去
我也想你
想我们心爱的小儿子
骆驼知道
骆驼什么都知道
它一个劲儿朝前走
朝着家的方向走

2017-10-17

盘羊，盘羊

盘羊有弯曲的角
大弧度弯曲角的盘羊
一只两只三只
被骆驼围住
被烈马围住
马背上的男子拿着弓拿着箭
他们将用死亡来招呼盘羊
他们需要死亡的盘羊来喂养奄奄一息的
一家老小
再把盘羊美丽的角挂在蒙古包外
听它在风中发出呜呜呜的哭泣声

2017-10-17

岩石岩石开开门

越来越近的猎狗的吠叫
越来越近的猎马的嘶鸣
越来越近的尘土

越来越近的
死亡的面孔
正在安然吃草的岩羊、绵羊
和盘羊都顿住了
它们你看看我
我看看你
还能说什么呢除了
跑
快跑
拼命跑
实在跑不动了
岩石岩石开开门
让我们躲进你家里
岩石开门
岩羊绵羊盘羊跑进去了
谁知道猎狗也跑进去了
猎马也跑进去了
猎马上的猎人
也跑进去了

2017-10-17

谁给他们杀我们的权力

妈妈
那样一个早晨

露水还在芨芨草上晃着晃着
我站在芨芨草面前
等着看露水晃下来
到大地深处捉迷藏
你，和哥哥姐姐们
在不远的戈壁上觅食
偶尔对着刚刚升起的太阳喊一声
你好！
你好，世界
我也悄悄地
随着你们的节奏
在心里喊了一声
妈妈
那样一个早晨
一群人骑着马
腰部挎着弓箭
突然狂冲到我们面前
他们射出尖尖的箭镞
一箭就刺中你的脖子
血
从你的脖子滚滚流出
他们射中哥哥
他们射中姐姐
妈妈
他们又来抓我了
一个扯我角
一个拉我足
妈妈他们要干什么
妈妈谁给他们杀我们的权力

2017-10-18

如何回答一只岩羊的提问

作为一个尽职的画家
我自然不能拉下戈壁上常见的一幕
猎人们狩猎
为了生存
岩羊们被猎，因为命运
有一只岩羊问我：
为什么
为什么我们必须死
我沉吟半晌：
请让被咀嚼的青草回答你
它现在正在你肚里

2017-10-18

我的鹿角开花了

他先凿出我的身子
好瘦啊，我瘦得只剩一个线条
他再凿出我的前腿

和后腿
他知道我想跑
就凿出不让我跑的造型
我的前腿弯曲
后腿也弯曲
现在，我要凿出你最美的部分
他说
他耐心地凿啊凿
哐哐哐
我的角长出了桦树叶
长出了杨树叶
长出了橡树叶
我的角开花了
他说
可爱的鹿啊你就在岩石上待着吧
你哪里也别去
想看你的人自然会来看你

2017-10-18

凿虎

他把我凿成了一只狗
一只皮毛光溜顺滑的狗
一只仰天吠叫的狗
一只笨拙的狗

一只有劲使不出的狗
他说
我的大王
我的大王虎
这戈壁
这抒情诗和叙事诗的戈壁
都属于你
这天地浩瀚这四季轮回
都属于你

2017-10-18

用梦境制造的马

这是我梦见的马
不同凡响的马
它有钢筋的外壳
挡得住风和雨
它有支架纵横的躯体
即使以光速奔驰也不会分崩离析
它的工作就是把曼德拉戈壁的信息带给全世界
有足够的能量支持它完成这艰巨的任务它一天就能
跑完全世界
因为它是一匹
不同凡响的马
是我

用梦境制造出来的马

2017-10-18

妈妈快放我出来

我在妈妈的肚里已待了 10 个月
妈妈的肚子已经太小了装不住我
我已经迫不及待想到这个世界看看了
妈妈妈妈
快放我出来，妈妈妈妈快放我出来
我大喊大叫
我拳打脚踢
我不知道这样会弄痛妈妈
我只是个孩子
真的不知道这样会弄痛妈妈
我大喊大叫
妈妈也大喊大叫
我拳打脚踢
妈妈就满地打滚
妈妈说
孩子孩子你别闹
我这就放你出来看世界

2017-10-18

塔与羊

他用大写意的线条
涂一条线，就代表盘羊瘦瘦的身子
涂粗一些，就代表盘羊胖胖的身子
他把这群盘羊安排在一座塔的两侧
把一些牧羊人安排进塔里
这些牧羊人只顾自己在塔里避日
一点儿不管盘羊们在塔外咩咩叫
让我进去
让我进去
太阳晒得实在受不了了
但他说
塔里虽然没有你们不要的太阳
但也没有你们想要的芨芨草啊

2017-10-19

天才画像

上天造人
各有不同
亲爱的们，看我的
我的脑子比你们大
主意比你们多
手
也比你们多出一双
你们看不见的神的手
就在我手上
我
曼德拉山最天才的画家
要画出曼德拉神秘密授予我的
伟大的诗篇
画出我们部落的帐篷
草编的竹编的羊皮编的牛皮编的
骆驼皮编的……我们敌人的人皮
编的。画出帐篷里我的母亲你的母亲
我们的母亲
永远不会枯竭的乳汁。画出狩猎的父亲
和可怜的猎物它们滴血的脖子
和壮硕的肥臀。画出我们忠实的老狗
这最早归顺于人类的爱物
画出高高在上的太阳（只有在曼德拉

太阳才能照耀得这么痛快）
画出月亮宁静的脸容这眼神忧戚的美女
一直在天上为的每当我孤寂时可以抬头
和它说心里话
如你所知最后我要画出我
一个悲伤的天才和他控制不住的疯与癫

2017-10-19

野牦牛

我本是
曼德拉山散淡的一块石
我不记得什么时候来到曼德拉山
也不记得怎么来的
谁带我来的
我一睁眼就在曼德拉山上
就看见一块又一块
我的石头兄弟
我们在这里晒太阳晒月亮
风沙把我们弄脏
雨水又把我们清洗
冬天到了
我们就长长地睡它一觉
扯大雪的棉被盖上
我已这样活了千年

活了万年
我不知道我的名字
直到有一天你来了
你在我身上敲敲打打
我痛得直哭
流下了石屑的泪
你说好了
野牦牛
我方才知道
我原来就叫
野牦牛

2017-10-19

部落械斗

那一天
我亲手将一支长矛
刺进了我兄弟的喉咙
他不是我的亲兄弟
却胜过我的亲兄弟
我们一起在巴丹吉林戈壁放牧
一起唱草原牧歌
一起看月亮
数星星
他曾经救我于虎口下

正当我绝望等死之际
巴丹吉林神做证
我们在灿烂的阳光下结拜为兄弟但那一天
我亲手将那支长矛
刺进了我兄弟的喉咙
我的部落
和我兄弟的部落
为了这一片寸草不生的土地
竟然发生了械斗
我的族长命我们
不顾生死
一定要取得战斗的胜利
我的兄弟
混乱中我刺死了你
我刺死了你
我用你的血
在漆黑的玄武岩上画下这场械斗
这残酷的械斗取走了你的性命
也将取走我的性命
画完这幅画
我就去死
我要用这把刺死你的长矛
刺死我自己

2017-10-19

万物奔腾

我们看不见上帝
但看见了他放置万物于同一空间的神力
我们看不见画家
但看见了他放置万物于同一块岩石的神力
在曼德拉山某一块群聚着牛
羊马骆驼雄鹰猎人弓箭……的玄武岩上
我看见了隐身画家被磨利的手
被汹涌而至的灵感激荡的心房
他一笔一画
沉毅坚定，把万物放置。我想
上帝就是这个样子的
上帝一定是，这个样子的

2017-10-19

云庙：舞狮少年

舞狮少年
你看不见他的脸
他们披上狮子的外衣，模仿狮子的
腾、挪、跳、跃
在一米高的铁柱上转身
扑球
吓得你不断惊叫
舞狮少年
一个舞狮子头
一个舞狮子尾
究竟要摔打多少次才能把一件狮子布衣
舞成一头
真正的狮子？！
究竟要在黑暗中哭泣多少回才能迎来
阳光下的掌声
和喝彩
舞狮少年
我看见你们从狮子的头狮子的身
钻了出来
表情严肃
如同从来不笑的狮子。

2017-07-04，北京

铸

我备好了模板
来到云锡集团
我要把高温锡液倒进我的模板
铸出你的金湖
铸出金湖深蓝色的表情
还有湖边散步的人群他们平静的脸容
铸出白云自带气流你推我我推你走过老阴山
走过老阳山
铸出镇阴塔
这个旧最高的建筑我在北京也能看到
铸出突然飘下的雨
突然收住的雨
铸出
红河第一湾使它媲美于黄河第一湾
铸出云锡控股集团
热气腾腾的生产车间
铸出它滚滚奔流的锡火和现代化的设备
铸出它的艰辛和期待
最后铸出锡矿工人黝黑的汗水
和他们与个旧不离不弃的一生

2017-07-05，北京

小蔓堤村

——给范晓波

从不厌居的方向看小蔓堤村
需越过 2017 年 7 月 6 日北京此地的狂风和暴雨
需摆脱一首诗引发的不快和争论
需在海男油画展微信群里和伙伴们闲聊、碰撞出火
需顶住你对我的责怪人到 50 我要为自己的心意活
需百度小蔓堤村需询问傣族妈妈叫阿咪傣族爸爸叫什么
需回想绿色敷满墙壁那一眼看去就是傣族风味的小木屋
需静坐矮凳等面前的大圆桌铺上芭蕉叶等白米饭红米饭绿米饭黑米饭堆到芭蕉叶上
需玻璃杯倒满柠檬水
眼睛里布满好奇
嘴巴里蠢动食欲
需举起相机预备抓拍我好奇张望傣族青年吃手抓饭的姿势
准备好了吗，你？

2017-07-06，北京

红河第一湾

空中没有灰尘
哀牢山不知疲倦时刻催促着满天星
生长，生长
这白色的花儿并未被亚热带气候摧残
太阳按照自己的时令暴晒并未因我们的到来
而减缓它的热度，与凶猛度。

六月的红河
水还不够红
必须静等一场暴雨的袭击
必须静等一场暴雨的袭击
在哀牢山的某处那独属于你的角度
你调好焦距，祈祷天意成全
祈祷天意成全

你将捕捉上帝在阿邦布下的神迹

看啊
送神迹的人来了
他驾驶着乌云的马车挥舞着闪电的皮鞭发出
雷的轰鸣！
他驱使红土滚滚，滚入红河再迅速收住闪电
雷霆、暴雨，再一次把太阳放出

此时红河绚烂
此时天地屏息
万物竖起耳朵，聆听你按下快门的“咔嚓”声响。

2017-07-08，北京

在哈尼梯田伟大的劳作让我们失语

——给海惠

你掏出手机
翻寻出哈尼梯田的冬日之景
收割后的田野宽窄不一，豢养着水
和水里的鱼儿它们游动的影
豢养着天空令人欲泣的深蓝，和浅蓝
豢养着永不缄默的云朵它们的白，或黑
豢养着微风或狂风、微雨或暴雨
豢养着风过梯田翻爬山梁般一层又一层
你见过一千道一万道的山梁吗我没有
但我见过一千层一万层的梯田在坝达
在元阳
我见过夏日哈尼人的劳作养育出的禾苗青青——

这锄头饱蘸汗水开垦出的活命的梯田
在我们的眼里称之为艺术。

2017-07-09，北京

多依树看日出不遇

——给马原

在秋衣秋裤偶尔
还肩披宾馆白浴巾瑟瑟发抖的我们面前
马原，卓尔不群，短袖、半筒裤的马原
谈笑自若，并不感到高原的冷

六点半
天光微亮，我们急吼吼，催促着司机快点
太阳已要爬上来了
师傅你能抢在太阳升起前把我们送到多依树吗

我倒是想
我的力量也够可是我车的马力不够哇
那就再多设置几道沟沟坎坎绊住太阳
绊住太阳多依树用你层层叠叠的梯田

六点五十
看日出的人看到一批
又一批浓淡不均的云它们幅度不一的表演
以多依树为舞台，天光乍泄，错过日出的我们
赶上了一场，云之舞蹈

每一片移动的云都自带气流马原说。

2017-07-13，北京

董家口，篝火随想

——给吴子林

又看见篝火蓬勃的红色
以及红色中微黄微白的光焰
北方的深秋
已经很凉了
人们围拢过来，拿篝火美丽的身子
暖自己冰冻的手和脚

我站在篝火旁
体验它奋不顾身的激情加速度
每一簇篝火都有秘密的心事
正是这秘密
促使它们疯狂燃烧
走向毁灭

我也曾是篝火的一员
当我离乡背井
从故乡到异乡
那支撑着我的激情渐渐消散
已不足以支撑我的晚年

亲爱的感谢你适时来到
适时为我添加柴火
让我用美丽的身子
暖你冰冻的手和脚

2017-10-01

每一个西部小城，都有它神秘的一面

这一日我又行走在
夕光中的西部小城
巴丹吉林
巴丹吉林
大街宽阔而明亮
紫荆花摇摆着在风中它们
紧紧偎依发出壮丽的紫色
行人寥寥
紧闭的街铺让我们诧异
人都到哪儿去了
每一个西部小城
在夕光中都有它神秘的一面
静谧安详的一面
巴丹吉林
巴丹吉林
仿佛传说中的某座城
从古籍中走出

邀请我
再次充当它的作者

2017-10-11

太阳从雅布赖山升起

在阿拉善右旗
十号车师傅马中武有把握地说
太阳从雅布赖山升起
我看了看窗外
被射进窗户的阳光晃眯了眼
呀
太阳真的从雅布赖山升起
虽然一开始我并不知道此山名姓
直到马师傅不痛快了：
“这么有名的山你都不知道
你从哪里来的
你不知道太阳从雅布赖山升起吗”

2017-10-11

巫者的绝望

有一个巫者
举着双手
从雅布赖山赶到巴丹吉林
他刚在雅布赖山岩石上按下血淋淋手印
他对着雅布赖山神起誓
我一定能把巴丹吉林的牛啊羊啊马啊
诱骗到雅布赖山
用我强悍的巫术
他骑着骆驼
穿过苏亥赛漫长的荒凉
穿过夏拉木漫长的荒凉
穿过海日很漫长的荒凉
穿过希博图漫长的荒凉
穿过，穿过
阿日格楞台
漫长的荒凉
这漫长
又漫长的荒凉
渐渐喂养大了他的绝望
对不起雅布赖山神
我已经绝望得武功俱毁
巫术尽失

2017-10-19

义院口

在北方大地行走
经常能遇到让我心动的地名
譬如那天
众人都往远处望去
看那身躯细窄、腰身蜿蜒的长城
我独独被泥土路旁的绿色招牌吸引
义院口
我迅速地把这三个字写在手机上
它一定能带给我灵感我想
但从昨晚到今晨
我一直被挡在这三个字外面
我的文字一直被挡在这三个字外面
是的当他们
把长城脚下的村庄命名为义院口
这三个字便也具有了长城的含义
只有战斗力够强的人
只有战斗力够强的文字
方能攻打进去!

2017-10-01

斑鬣狗洞，或人类为什么要筑巢而居

最初是一个人
然后是一群人
隐蔽的洞穴
洞门虽窄
洞内却宽敞无比
虽然光线不足
洞壁潮湿
人还是感到舒服
至少不用被风吹
被雨打
被雪埋
人在洞里
繁衍生息
千年已过
又是千年

最初是一条狗
然后是一群狗
发现了此洞穴
它们嗷嗷叫着
龇着大狗牙
喷着血红狗眼
直往洞里钻

洞门虽窄
也挡不住它们凶猛
斑鬣狗
我们是伟大的斑鬣狗
我们来了
就不想再走

可怜的人啊
拖着伤痕累累的躯体
逃出了洞穴
他们已不习惯在露天生活
怎么办
有巢氏一挥手
同志们
筑巢!

2017-10-01

篝火，泸州老窖之夜

篝火即将封灭
你的诗句为何还没流出

如此盛大的夜
千人同欢的夜
泸州老窖的夜

滴酒不沾的你身体中汹涌着一个
逢酒必醉的他

父亲
这篝火之夜理应属于你
这被酒浇灌的篝火之夜
泸州老窖之夜

我的嗜酒如命的父亲
每划拳必喊六六六六
我又六的父亲，总在酒桌上把自己放倒
今夜如果你在
你一定会把自己浸泡在这篝火之夜
浸泡在
泸州老窖里

2017-11-10，泸州

万古愁，抑或中国诗歌的精神

——随手录张清华教授讲座

一个漫无边际的命题
今天由张清华教授在酒城泸州讲述

庄子在讨论人类语言的时候

提出三言——
重言：长者之言，经典之言
寓言：用虚构的故事表达道理
卮言：脱口而出的日常生活的语言
三种语言互相交汇
方能构成比较学术的谈论

诗的话语
言寺为诗
诗是言说具有神性的话语
诗酒月夜
酒为何会和诗发生关系
因为它和人的精神需求有关
当酒神表现为液体，它是酒
表现为词语，它是诗

跳舞是不好好走路
写诗是不好好说话
每个人生下来就是演员
内心里酒神力量特别强大的人
努力地扮演一个角色
使自己接近日神精神

"我们一边在纪念屈原
一边又在创造自己时代的屈原"

诗歌作为一种精神现象学
与酒神有关
具有文学背景的精神病患者
要么因为写诗疯掉了

要么因为疯掉了喜欢诗
（此处有笑声，掌声）

每个人身上都有一个疯子
平时它不合法
喝酒时即可佯狂
与诗发生关系，所谓
李白斗酒诗百篇

当哈姆雷特用疯癫的方式说话
他就变成了诗人的角色

知我者谓我心忧
不知我者谓我何求
悠悠苍天
此何人哉

中国最早的士子精神
来自《黍离》
换成李白诗句就是“万古愁”
一种非常独到的酣畅淋漓的纠结于
酒
和酒有密切关系的酒神精神
当我说万古愁的时候也是在说
中国诗歌精神

伟大的诗人不是用笔而是用
自己的弱点
自己的命运来完成自己的写作
屈原写完《离骚》不跳汨罗江

《离骚》就是笑话

每位大诗人都有自己的精神范型
颓废也是其中之一
一种感伤主义的美学

最高级的愁是形而上的愁
春江花月夜的愁
登幽州台歌的愁
个体与永恒的相遇萌生的多重情怀
悲歌感慨
存在与时间的三度性：
时间过去，时间现在，时间将来

生年不满百
常怀千岁忧

2017-11-11，泸州

长江在泸州

瘦，而静
而灰而暗

长江流经泸州的时候还没有经验
她蹑手蹑脚，动作不敢太大，叫声不敢

太响，面容不敢太过妖艳。她流经泸州
的时候正是刚入婆家的小媳妇
屏声息气
未谙姑食性，先遣小姑尝

我来到泸州的时候
已到了当婆婆的年龄
我喝了一口长江端上来的泸州老窖
便足足醉到京城。

2017-11-11，泸州

文学共和国

——酒城泸州，欧阳江河讲座开场白

在读书无用论的年代
我成为泸州中学的优秀学生代表
我喜欢泸州的桂圆
我认为泸州老窖的酒神精神
直接扎根到大地500米深处
我推掉了下午国图的讲座来到我的故乡
泸州

诗酒在中国一回事
就像茶禅是一回事

酒神在大地
日神在天空
李白《饮酒 20 首》我已抄了 7 遍
还在抄。
区分人类文明还是以精神
以词语为重。通过阅读
或写作投射自己在诗歌
或文学的国度
你就是文学共和国
的公民。

2017-11-11，泸州

五根黑铅笔

五根黑铅笔
坐在绿绒桌布上
绿绒桌布坐在看不见颜色的长条桌上
看不见颜色的长条桌坐在南苑宾馆大会议室里
我坐在南苑宾馆大会议室里
和看不见颜色的长条桌
和绿绒桌布
和五根黑铅笔
一起听谢有顺讲授写作的秘密
听着听着

五根黑铅笔开始探头探脑——
被唤醒的灵感急需找到合适的手

2017-11-11，泸州

歌舞，酒城之夜

锣鼓刹然停住
女舞者继续旋转，旋转
头上的凤钗晃你眼
晃我眼。酒城之夜
意大利咏叹调绚烂的高音高达
天庭
但尚未超越我们耳膜的极限
开船了
开船了
烟雾缭绕中有巨大羽毛从天而降
瘦弱的身躯承担不了太大的梦想
但亦将拼尽全力
来一杯泸州老窖
为自己继续跋涉送行
灯光寂静只是铺垫，灯响处
神秘涌起
美丽的姑娘被雨洗过
被火炼过
便有了银光熠熠的好

酒城之夜
谁拍了我一下肩膀
把我从醉乡中叫醒

2017-11-11，泸州

观舞剧《孔子》

峨冠青年男子
赤足在洁白的舞台上翻腾、跳跃
旋转出现代的花样
皇帝在高高的皇座上饮酒
饮泸州老窖
红衣美人长袖拖地，先是慢走
步履优雅
突然快跑，露出光滑的脚踝
青年男子旋即起舞
与红衣美人构成搭档
相互映衬、照应
众宫女退
青年男子退
踉跄的皇帝步下皇座
和红衣美女抱持起舞
狠狠丢掉红衣美人手中的诗书
那诗书来自青年男子
故事刚刚开头

并无一句台词的舞剧
幸好我知道孔子在哪儿
但要完整猜度出剧情
仍需把导演请出来

2017-11-12，泸州

冈底斯的诱惑

在梦中游走
可以一直游到冈底斯
积雪还在
广大无边的空虚还在
出窍的灵魂在喊上帝放下梯子
就在当晚
露珠选择笑
月光选择哭
你选择继续失眠。

2017-07-30

重阳，忆父亲

跌跌撞撞
尽力平衡滚烫的方便面
往我的铺位走去
短暂的几步路
我竟然看到了我的父亲
他坐在那里
手上夹着香烟
永远也不想放下
他坐在那里
眯着黄氏家族
代代相传的小眼睛
他坐在那里
脸上没有一根皱纹
表情舒心、惬意
我的玩心甚重的父亲
其实也并没有走过多少地
这一生他困守漳州
近乎足不出户
这一生
他和母亲怄气
争吵
闹着闹着
就与世长辞

就永垂不朽
在我身上
如今他跟着我的每一次外出
当他诗兴大发时
我就写诗

2017-10-28

梦一定是另一个世界的现实

外婆对我说
长春很照顾她
长春是我爸爸
上月我和妹妹刚把他的坟
迁到外婆边

2017-08-24

菜根谈

——给潘漠子

干净的青年
就该有一片干净的园子名菜根谈
白衣牛仔裤的青年
有一片绿意葱茏的园子名菜根谈
花生、红薯、空心菜
我童年的玩伴在你的园子认出我
薄荷、大红、狗尾草
我陌生的朋友在你的园子迎候我
漠子你弯身进毛豆丛
撇下一把一把毛豆要我带回家
漠子你的手可以做雕塑
也可以握锄垦荒做菜农
菜根谈
喇嘛庄
潘漠子
菜根谈在喇嘛庄
潘漠子在菜根谈
穿花衣的蚊子不咬他
他修身养性把自己修成一株干净的植物

2017-07-28